D0544107

NOVEMBRE

Georges Simenon, écrivain belge de langue française, est né à Liège en 1903. Il est l'un des auteurs les plus traduits au monde. À seize ans, il devient journaliste à *La Gazette de Liège*. Son premier roman, publié sous le pseudonyme de Georges Sim, paraît en 1921 : *Au pont des Arches, petite histoire liégeoise*. En 1922, il s'installe à Paris et écrit des contes et des romans populaires. Près de deux cents romans, un bon millier de contes et de très nombreux articles sont parus entre 1923 et 1933... En 1929, Simenon rédige son premier Maigret : *Pietr le Letton*. Lancé par les éditions Fayard en 1931, le personnage du commissaire Maigret rencontre un immense succès. Simenon écrira en tout soixante-quinze romans mettant en scène les aventures de Maigret (ainsi que vingt-huit nouvelles). Dès 1931, Simenon commence à écrire ce qu'il appellera ses « romans durs » : plus de cent dix titres, du *Relais d'Alsace* (1931) aux *Innocents* (1972). Parallèlement à cette activité littéraire foisonnante, il voyage beaucoup. À partir de 1972, il cesse d'écrire des romans. Il se consacre alors à ses vingt-deux *Dictées*, puis rédige ses *Mémoires intimes* (1981). Simenon s'est éteint à Lausanne en 1989. Il fut le premier romancier contemporain dont l'œuvre fut portée au cinéma dès le début du parlant avec *La Nuit du carrefour* et *Le Chien jaune*, parus en 1931 et adaptés l'année suivante. Beaucoup de ses romans ont été portés au grand écran et à la télévision. Les différentes adaptations de Maigret ou, plus récemment, celles de romans durs (*La Mort de Belle*, avec Bruno Solo) ont conquis des millions de téléspectateurs.

Paru dans Le Livre de Poche :

SIMENON

Novembre

PRESSES DE LA CITÉ

© 1969, Georges Simenon Limited (a Chorion company).
All rights reserved.
ISBN : 978-2-253-16243-8 – 1re publication LGF

1

Je ne crois pas avoir assisté auparavant à ce phénomène. On était le second vendredi de novembre, le 9 novembre exactement. Nous étions tous les quatre à dîner autour de la table ronde, comme les autres soirs. Manuela venait d'enlever les assiettes à soupe et de servir une omelette aux fines herbes que ma mère était allée préparer à la cuisine.

Depuis le matin, une des plus violentes tempêtes de l'année déferlait sur la France et la radio parlait de toits enlevés, de voitures transportées sur plus de dix mètres, de bateaux en perdition dans la Manche et dans l'Atlantique.

Le vent soufflait en violentes bourrasques qui faisaient frémir la maison, comme pour l'arracher à ses racines, et les volets, les fenêtres, les portes extérieures semblaient à chaque instant sur le point de céder.

La pluie tombait, acharnée, méchante, arrivant par paquets avec un bruit de vagues sur une plage de galets.

Nous ne parlions pas. Chez nous, les conversations sont rares à table et se réduisent à l'essentiel.

— Veux-tu me passer le plat, s'il te plaît ?

Chacun mange, isolé des autres par un mur invisible, et ce soir-là chacun écoutait pour son compte le vacarme de la tempête.

Or, soudain, d'une seconde à l'autre, ce fut le silence, l'immobilité totale de la nature, un vide presque angoissant.

Mon père a froncé ses gros sourcils touffus. Mon frère nous a regardés l'un après l'autre d'un air surpris.

Le long cou décharné de ma mère s'est tendu imperceptiblement tandis qu'elle regardait autour d'elle avec méfiance. Elle se méfie de tout. Elle vit au centre d'un univers hostile, toujours en éveil, toujours aux aguets, l'œil fixe, le cou tendu, comme certains animaux, comme certains oiseaux de proie.

Tout le monde s'est tu. On aurait dit que tout le monde se retenait de respirer comme si ce silence brutal présageait Dieu sait quelle catastrophe.

Seul le visage de mon père, après un bref mouvement des sourcils, n'a pas changé d'expression. C'est un visage grisâtre qui n'exprime rien, sinon une gravité presque solennelle.

Olivier s'est tourné vers la porte que Manuela refermait derrière elle et je suis persuadée qu'il lui a adressé un message muet. Je suis persuadée aussi que ma mère, sans bouger la tête, a surpris ce message. Elle voit tout, entend tout. Elle ne dit rien, mais elle enregistre.

Mon frère ne s'est pas laissé tracasser longtemps par cette immobilité inattendue de l'univers. Il était assis, comme toujours, en face de mon père, moi en face de ma mère qui a ses deux cercles rouges en haut des pommettes.

C'est un signe. Elle a bu. Elle commence une neuvaine, comme nous disons entre nous, mais elle n'est pas ivre, elle n'est jamais vraiment ivre.

— Tu es fatiguée ?

Pourquoi mon père a-t-il éprouvé le besoin de dire ça ? Elle n'est pas plus bête que lui. Elle est beaucoup plus subtile et elle sait ce que les mots veulent dire. Il y a tant d'années que cela dure qu'il pourrait se passer de le souligner.

— J'ai mes migraines, laisse-t-elle tomber d'une voix sèche.

Je ne sais pas qui des deux je plains le plus. On a souvent l'impression que ma mère fait ce qu'elle peut pour se rendre désagréable et ses silences même ont un caractère agressif. Mais mon père ne pourrait-il faire montre d'un certain moelleux, d'un minimum d'indulgence ?

Il l'a épousée, après tout, et elle ne devait pas être beaucoup plus jolie qu'à présent. J'ai vu des photographies prises le jour de leur mariage, en 1938. Elle a toujours eu un visage ingrat. Son nez, trop long, se termine par une pointe qui semble avoir été surajoutée et elle a aussi le menton trop pointu.

Mon père a-t-il été amoureux d'elle ? Ou bien, jeune lieutenant à l'époque, était-il fier d'épouser une des filles de son colonel qui n'allait pas tarder à devenir général ?

Je n'en sais rien. Cela ne me regarde pas. Ce n'est pas mon rôle de les juger, bien que je le fasse malgré moi. Nous vivons dans une maison où chacun observe les autres et mène une existence séparée. Il n'y a que notre bonne espagnole, Manuela, engagée depuis deux mois, à chanter en faisant son ménage et à vivre comme si tout était normal autour d'elle.

On a servi des poires et mon père a pelé la sienne avec plus de minutie que le meilleur maître d'hôtel. Il fait tout consciencieusement, avec une minutie parfois exaspérante.

Est-il obligé de se contenir ? Sa dignité, son calme sont-ils artificiels ?

Il s'est levé le premier, comme toujours, comme il s'assied invariablement le premier à table pour déployer lentement sa serviette. Il a le sens de la hiérarchie. Sans doute parce qu'il est militaire. C'est peut-être la raison aussi pour laquelle il attache la même importance aux petites choses qu'aux grandes.

Il murmure :

— Je vais travailler...

Une phrase qu'il prononce presque chaque soir à la même heure. Il a transformé une pièce en bureau, de l'autre côté du couloir. Au milieu trône un énorme meuble à cylindre du siècle dernier et les bibliothèques à portes vitrées sont pleines de livres et de revues.

Travaille-t-il réellement ? Il apporte de son bureau une serviette bourrée de papiers. Parfois on l'entend taper maladroitement sur sa machine à écrire portative. Plus souvent, le silence règne. Nous ne sommes pas censés le déranger. Chacun a soin de frapper si, d'aventure, il a quelque chose à lui dire.

Il a un vieux fauteuil de cuir fatigué dans lequel je l'ai trouvé maintes fois, les pieds devant la cheminée où il allume lui-même un petit feu de bois. Il lit, soulève la tête, vous regarde avec patience sans vous encourager.

— Je voulais te demander si, demain...

Est-ce qu'il écoute ? Est-ce que cela l'intéresse ? Se rend-il compte qu'il est père de famille et que nous sommes trois à dépendre de lui ?

Olivier ne s'occupe guère de son père et organise tranquillement son existence. Il sort souvent le soir, moins souvent depuis que Manuela est dans la maison. Le dîner fini, il monte dans sa chambre, ou dans l'espèce de laboratoire qu'il s'est installé au grenier, tout à côté, justement, de la chambre de l'Espagnole.

Ma mère passe dans le salon. Je la suis. C'est elle qui, machinalement, tourne le bouton du téléviseur... Tous les soirs... Invariablement, quel que soit le programme, ce qui ne l'empêche pas d'entendre le moindre bruit de la maison...

Elle coud. Elle a toujours des boutons à recoudre, du linge à arranger. Je m'assieds face à la télévision aussi mais je ne m'intéresse pas toujours au programme et je m'enfonce dans un livre.

— C'est drôle que la tempête se soit terminée si brusquement...

Elle lève un instant la tête, comme pour s'assurer que ces mots ne cachent pas une arrière-pensée, puis murmure simplement :

— Oui...

On entend des bruits d'assiettes dans la cuisine où Manuela fait la vaisselle. Dès que la bonne sera montée, ma mère se lèvera en murmurant :

— Je vais voir si cette fille a éteint...

Ce n'est pas pour la lumière qu'elle se dérange, ni pour le réchaud à gaz. On a laissé du vin rouge et elle va le boire, à la bouteille, avec un regard anxieux vers la porte, car elle a toujours peur d'être surprise. Quand elle est ainsi, elle boit n'importe quoi, ce qui lui tombe sous la main, et ses pommettes se colorent au fur et à mesure, ses yeux deviennent plus brillants.

J'en ai pitié et en même temps je lui en veux, car j'aimerais ne pas avoir à plaindre ma mère. Il m'arrive d'avoir pitié de mon père aussi. Qui des deux a commencé ?

Nous avons été des bébés, mon frère et moi, moi d'abord, puisque j'ai vingt et un ans et que je suis l'aînée, Olivier ensuite, qui a maintenant dix-neuf ans.

Est-ce que nos parents se sont comportés comme la plupart des parents ? Leur arrivait-il de s'embrasser près de notre berceau, d'échanger des paroles tendres ?

Cela paraît impensable. Aussi loin que je peux remonter dans mes souvenirs, la maison a été la même, ordonnée et silencieuse, les journées entrecoupées par des repas lugubres.

Je ne suis pas sûre qu'ils se détestent. Mon père est patient et je me rends compte que ce n'est pas toujours facile. Je comprends qu'il ait cherché un refuge dans ce bureau où il passe la plupart de ses soirées. Mais maman ne pouvait-elle pas attendre davantage de lui que de la patience ?

Je préférerais parfois une bonne scène de ménage, bien violente, avec des cris, des pleurs, puis une réconciliation temporaire.

Je suis mauvais juge. Moi non plus, je ne suis pas jolie. J'ai plutôt un visage ingrat, comme ma mère, un nez rond, trop gros, au lieu du nez pointu en deux parties. Il n'y a que mon corps à me satisfaire.

A quoi bon penser à tout cela ? Je lis. J'essaie de lire et, de temps en temps, j'observe le visage de ma mère. Dehors, on entend la pluie s'égoutter lentement.

Le programme change. On diffuse un western bruyant et je me lève pour régler le son. Existe-t-il beaucoup de familles comme la nôtre dans Paris et ses alentours ?

A dix heures, ma mère enlève ses lunettes et ramasse le linge, les bobines, les ciseaux. Elle n'est pas allée dans la cuisine comme je le pensais.

— Bonne nuit, Laure...

Elle se tient un instant immobile, debout, tandis que j'effleure ses deux joues de mes lèvres. C'est maintenant qu'elle passe par la cuisine avant de s'engager dans l'escalier. Je peux enfin arrêter la télévision et lire en paix.

Est-ce que mon père attend qu'elle soit au lit avant de monter à son tour ? Je ne les vois jamais monter ensemble. Il y a généralement un quart d'heure de décalage, comme s'ils voulaient éviter toute intimité, bien qu'ils dorment dans le même lit.

Je lis. Puis la porte du bureau s'ouvre. Mon père traverse le corridor, reste debout près de la porte et

13

regarde autour de lui sans aucune expression sur le visage.

— Ta mère est montée ?

Je regarde la pendule sur la cheminée.

— Il y a un peu plus de dix minutes.

— Elle n'a rien dit ?

Je lui lance un coup d'œil surpris.

— Non.

Qu'est-ce qu'elle aurait dit ? A quel propos ?

— Olivier n'est pas descendu ?

— Non.

— Il est dans sa chambre ?

— Dans sa chambre ou dans le grenier, je ne sais pas...

— Bonne nuit, Laure...

Il s'avance à ma rencontre et c'est, pour lui aussi, un baiser sur chaque joue.

— Bonne nuit, papa...

Cela me fait un curieux effet de lui dire papa. Cela ne va pas avec son physique, avec sa dignité sévère. Il ne sourit jamais ou plutôt, quand il s'efforce de sourire, c'est un mouvement mécanique des lèvres, sans gaieté.

— Tu ne te couches pas ?

— Bientôt...

— N'oublie pas d'éteindre...

Comme si, à vingt et un ans, je n'étais pas capable d'éteindre les lumières derrière moi.

— Bonne nuit...

— Bonne nuit...

Or, cette nuit-là, celle du 9 au 10 novembre, sera plutôt mauvaise.

14

J'ai lu environ une heure avant de gagner ma chambre où je me suis déshabillée. Je pense au professeur et à Gilles qui doit m'en vouloir et ne pas comprendre.

Le professeur Shimek n'est pas beau. Il a cinquante-deux ans, une fille de quatorze, une petite femme boulotte et rieuse qu'il a épousée avant la guerre et après son départ de Tchécoslovaquie. C'est un des hommes les plus intelligents qui existent. Mais, aux yeux de Gilles Ropart...

Il y a des moments où j'aimerais mieux ne pas penser, me laisser vivre. Quand j'étais encore une petite fille et que mon père ou ma mère me dérangeait, il paraît que je soupirais :

— Est-ce qu'on ne peut pas me laisser vivre ?

Je pourrais en dire autant à présent. Je me brosse les dents, enlève le peu de maquillage que je me permets et, après avoir soupesé avec un certain plaisir mes seins lourds, je passe mon pyjama et me couche.

J'ai toujours de la peine à m'endormir. Les pensées, les images me reviennent d'un peu partout, de toutes les époques de ma vie. J'ai essayé les somnifères. Je m'endormais plus rapidement mais, une heure ou deux plus tard, je me réveillais et je me rendormais plus difficilement, de sorte que, le matin, je me sentais barbouillée.

C'est de ma mère, je suppose, que je tiens d'avoir l'ouïe fine. Il faut dire aussi que la maison, bien qu'elle date du siècle dernier, est sonore comme un tambour.

J'entends les gouttes d'eau qui tombent du toit et, de loin en loin, une voiture qui passe sur la route.

Pourquoi ai-je toujours l'impression que les autres vivent une vraie vie et moi pas ? Ces autos vont quelque part, viennent de quelque part. Des gens, à cette heure, sont au théâtre, au cabaret. Il y en a qui rient. Comme Manuela. Il n'y a qu'elle à rire dans la maison, indifférente à l'atmosphère qui l'entoure. Elle a mon âge. Elle est belle, pleine de sève, de santé. Sa gaieté prend presque les allures d'un défi.

Je sais ce que j'attends et cela ne manque pas de se produire. Mon frère se lève, dans la chambre voisine. J'entends les ressorts de son lit. Il est donc en pyjama.

A-t-il attendu assez longtemps ? Mon père et ma mère sont-ils endormis ?

Il ouvre sa porte avec précaution et s'engage dans l'escalier. Il a beau faire aussi peu de bruit que possible, je l'entends et Manuela l'a entendu aussi car, sans qu'il ait besoin de frapper, elle lui ouvre sa porte.

C'est la dixième fois. Cela a commencé il y a un mois et je les sens, au-dessus de ma tête, en train de s'embrasser, debout. Puis j'entends le rire de gorge de Manuela.

Est-ce que ma mère écoute aussi ? Et, si elle le fait, que pense-t-elle ? Mon frère a dix-neuf ans et c'est de son âge d'être amoureux.

Je n'en soupçonne pas moins ma mère d'en être ulcérée car cela se passe dans sa maison, dans son domaine et, par-dessus le marché, avec la bonne.

Nous n'avons jamais gardé une domestique plus de six mois et maman se montre plus dure avec Manuela qu'avec les précédentes. L'Espagnole ne paraît pas s'en apercevoir. Elle va et vient sans avoir peur de chanter ni de rire. Et, depuis un mois, elle n'hésite pas à ouvrir sa porte au fils de la maison.

Ils sont couchés tous les deux, à présent, sans avoir l'air de se douter qu'ils se trouvent juste au-dessus de ma tête. J'entends tout. Mais en même temps j'écoute le silence, si je puis dire, dans la chambre de mes parents.

S'ils sont éveillés, ils doivent entendre, eux aussi.

Et voilà qu'une porte s'ouvre lentement, la leur, précisément. Puis la porte se referme et des pieds nus s'engagent dans l'escalier. Je pourrais même dire que j'entends la respiration forte de mon père. Je suis sûre que c'est lui. Il met un temps infini à atteindre le palier du second étage où il s'immobilise.

Est-ce qu'il vient seulement de s'apercevoir qu'Olivier rejoignait la bonne dans sa chambre ? Est-ce qu'il s'en doutait et en cherche-t-il la preuve ?

Le couple, dans la mansarde, ne se méfie de rien et continue ses ébats.

Mon père, un homme de cinquante-deux ans, le capitaine Le Cloanec, qui paraît toujours écrasé par ses responsabilités, se tient debout, pieds nus, dans l'obscurité, à écouter son fils et la bonne qui font l'amour.

Je m'en doutais, mais je me refusais à le croire : mon père est amoureux, amoureux de Manuela, ce qui me paraît inimaginable. Il est amoureux au point de quitter son lit, où ma mère ne dort peut-être pas, où elle peut s'éveiller d'un moment à l'autre, pour aller se mettre à l'affût.

A l'affût de quoi ? Maintenant, il sait, non ? Il n'a pas besoin de preuves supplémentaires.

Va-t-il se donner le ridicule d'ouvrir la porte et de surprendre les amants ?

Il est là, immobile, à se torturer. Je ne sais pas s'il a réellement le cœur malade. Quand il est contrarié, il lui arrive de porter la main à sa poitrine. A-t-il maintenant la main sur sa poitrine ?

Je ne l'ai jamais imaginé dans cette situation, ni dans un tel état d'esprit. J'en suis troublée. J'en suis inquiète aussi, à cause de ma mère. Il reste longtemps sans redescendre et, quand il le fait enfin, il passe par la salle de bains comme s'il voulait se donner un alibi.

Je m'attends à les entendre parler, ma mère et lui, mais leur chambre reste silencieuse. Il s'est recouché, à tâtons dans l'obscurité, je suppose, et si même maman est éveillée elle doit faire semblant de dormir.

J'ignore quelle heure il peut être. Mes idées commencent à s'embrouiller et je me sens dans un état d'esprit déplaisant. Je pense, malgré tout, à me lever pour prendre un somnifère puis, sans m'en rendre compte, je m'endors.

En tout cas, quand j'ouvre les yeux, le jour perce à travers les lattes des persiennes et je suis surprise, en ouvrant celles-ci, de me trouver face au soleil. La route est encore mouillée, couverte de brindilles, de branches assez grosses. Des gouttes d'eau pendent aux fils téléphoniques et finissent par s'en détacher une à une. Dans notre jardin, celui de devant, il y a une branche cassée près de la grille.

Manuela chante, en bas. Ma mère ne doit pas être descendue. Elle ne mange pas le matin, se contente d'une tasse de café qu'elle se fait monter et, le plus souvent, nous sommes partis tous les trois quand elle quitte sa chambre.

Je me dirige vers la salle de bains. La porte est fermée au verrou.

— C'est toi, Laure ?

La voix de mon frère.

— Dans deux minutes, je te cède la place...

Je suis un peu en retard. Il est plus de huit heures. Il est vrai que je ne prends mon travail, à l'hôpital Broussais, qu'à neuf heures et, à vélomoteur, je ne mets guère plus de vingt minutes à parcourir le trajet.

Mon père, lui, doit être dans la salle à manger, à boire son thé et à manger ses toasts à la confiture. Nous ne prenons presque jamais ensemble le repas du matin. Chacun descend à son heure.

— Tu as vu ce soleil ? Si on nous avait dit hier...

— Oui...

J'entends Olivier sortir de la baignoire et décrocher sa sortie de bain.

— Un instant... J'ouvre tout de suite...

La porte s'ouvre, en effet. Il a les cheveux dressés sur la tête, le visage encore mouillé.

Il fronce les sourcils en me regardant.

— Qu'est-ce que tu as ?

— J'ai mal dormi...

— Tu ne vas pas me dire que tu as des migraines, toi aussi ?...

Il a tendance à se montrer féroce avec maman.

— Il faut que je te parle, Olivier....

— Quand ?

— Maintenant... Dès que papa sera parti...

Il se rend à Paris à vélomoteur, lui aussi, afin que la voiture reste à la disposition de maman. Il ne s'en sert que quand il fait mauvais temps, comme hier.

— De quoi veux-tu me parler ?

— Attends... Je descendrai manger avec toi...

Je suis en robe de chambre jaune. Je me coiffe un peu et me lave les dents pendant que mon frère passe dans sa chambre pour s'habiller. Il ne prend aucun soin de ses vêtements dans lesquels il paraît toujours avoir dormi.

On entend le vélomoteur, puis le grincement de la grille. C'est presque toujours mon père qui l'ouvre le matin et la referme le soir.

— Tu viens ?

— Tout de suite... Descends déjà et dis à Manuela de me préparer deux œufs sur le plat... Avec des saucisses si elle en a...

Manuela, sereine, souriante, en paix avec le monde et avec elle-même, lance joyeusement :

— Bonjour, mademoiselle.

Ou plutôt cela devient dans sa bouche : *Z'ou, madezelle...*

Il n'y a qu'un an qu'elle est à Paris. Elle a fait deux places. Elle a une amie que j'ai entrevue un soir qu'elle attendait sur la route, une petite noiraude qui a l'air d'une miniature et qui s'appelle Pilar.

— Bonjour, Manuela... Pour moi, une grande tasse de café avec deux toasts et du beurre... Pour mon frère, qui va descendre, des œufs et, si vous en avez, des saucisses...

. On dirait qu'elle rit. Tout la réjouit, y compris de comprendre ce qu'on lui dit dans une langue qui n'est pas la sienne. Elle n'est pas beaucoup plus grande que son amie Pilar mais plus charnue, gonflée de sève. Ses mouvements sont aussi gracieux que si elle dansait. Elle est andalouse. Son village, Villaviciosa, est situé dans la Sierra Morena, quelque part au nord de Cordoue.

Elle a regagné la cuisine quand mon frère paraît, les cheveux humides.

— Qu'est-ce que tu as à me dire ?

— Assieds-toi. Nous avons le temps...

Nous sommes samedi.

— Tu as des cours ?

— Seulement des travaux pratiques...

Olivier, qui a choisi la chimie, suit les cours de la Faculté des sciences, à l'ancienne Halle aux Vins. Son rêve est d'avoir une grosse moto pétaradante que notre père refuse de lui acheter.

— Des vélomoteurs, tous les gosses du lycée en ont... Avec mes longues jambes, j'ai l'air ridicule là-dessus...

Je l'aime bien. Il est sympathique, encore qu'ombrageux. Pour un rien, il se met en colère, me lance les pires méchancetés, mais vient ensuite me demander pardon.

Il se doute que je veux lui parler de Manuela et est intrigué, vaguement inquiet. J'attends que nous soyons servis. Il sourit à l'Espagnole avec une tendresse que je n'attendais pas de lui. Quand mes parents ne sont pas là, il peut laisser percer ses sentiments.

21

Je croyais que ce n'était qu'un jeu, qu'une passion physique, mais, dans un seul regard, je viens de lire autre chose tandis que Manuela elle-même devenait un peu plus grave.

— Bonjour, Manuela...

— Bonjour, monsieur Olivier...

Olivier devient *Olié* et c'est très doux, très tendre. Elle s'éloigne en balançant les hanches, referme la porte. La salle à manger sent le café, les œufs à la poêle et les saucisses, mais il y règne aussi la même odeur que dans toute la maison, odeur de moisissure, de bois humide et de foin qu'on retrouve souvent à la campagne.

— Alors ? s'impatiente mon frère.

Je cherche mes mots, par crainte de le voir éclater, d'autant plus qu'on ne sait jamais si ma mère n'est pas derrière la porte. Elle vit en pantoufles, ses sempiternelles pantoufles rouges, et elle se déplace sans bruit.

— Tu devrais faire attention, Olivier...

Il rougit et réplique avec du défi dans la voix :

— Attention à quoi ?

— La nuit dernière, il s'est passé quelque chose pendant que tu étais là-haut...

— Maman ?

Déjà, il est comme un ressort tendu.

— Non... Ton père...

— Qu'est-ce que papa a fait ?

— Je pense qu'il vaut mieux te le dire... Tu es assez grand pour...

— Qu'est-ce qu'il a fait ?

22

— Tu étais monté depuis un bon moment quand il est sorti de sa chambre, pieds nus, et est monté à son tour.

— Pourquoi ? Pour écouter à la porte ? Pour regarder par la serrure, peut-être ?

— Je ne crois pas, Olivier. Il est resté longtemps debout sur le palier et je crois qu'il souffrait.

— Que veux-tu dire ?

Et, comme je ne réponds pas tout de suite, Olivier repousse ses œufs, se lève brusquement.

— Tu ne vas pas prétendre qu'il est... qu'il... que...

Il ne veut pas prononcer les mots qui lui brûlent la langue.

— Si.

— Alors, ça ! Ce serait le plus beau de tout. Comme si ce n'était déjà pas assez d'avoir une mère à moitié folle !

— Chut...

Olivier est impitoyable. Il se montre dur avec ma mère, surtout quand elle a bu, et il n'a pour elle aucune indulgence. Plusieurs fois, il m'a avoué qu'il avait envie de quitter la maison, de laisser tout en plan, comme il dit, et de prendre une chambre à Paris, quitte à travailler pour payer ses études.

— Il y en a d'autres, à l'université, qui gagnent leur vie.

Il arpente la salle à manger à grands pas tout en essayant de se contenir.

— Est-ce que cela le regarde, si Manuela et moi sommes amoureux ?

Et il se tourne vers un portrait de notre père en sous-lieutenant, alors qu'il portait de fines moustaches.

— Qu'est-ce qu'il faisait, lui, à mon âge ?... A moins qu'il n'ait toujours été éteint comme à présent, ce qui ne me surprendrait pas... Un solennel... Un solennel...

Il hésite à dire le mot, mais c'est plus fort que lui :

— Un solennel imbécile !

— Calme-toi, Olivier.

— On voit bien que ce n'est pas de toi qu'il s'agit. Est-ce qu'il va voir ce que tu fais à Broussais ?

C'est mon tour de rougir et je n'insiste pas. C'est vrai qu'il est difficile de se faire une idée sur la vraie personnalité de mon père. Il m'arrive, à moi aussi, de le prendre pour un médiocre qui s'efforce de garder une haute idée de lui-même.

Il a passé la guerre en Algérie, dans un bureau, et il laisse entendre qu'il appartenait aux services secrets. Maintenant, avec le grade de capitaine, mais toujours en civil, il travaille dans un bureau du boulevard Brune, à peu près à hauteur du stade Jules-Noël, ce qui le met à quelques centaines de mètres de Broussais.

C'est un ancien hôtel particulier, une vieille maison qui appartient au ministère de la Guerre. Le nom officiel de son service est « Bureau de la statistique ».

A entendre mon père, il s'y livre à un travail ultra-secret et il détient les renseignements les plus confidentiels sur le contre-espionnage.

Il a fallu que ce soit un jeune médecin de Broussais qui me dévoile la vérité.

— J'ai un oncle dans la boîte aussi. Ce sont eux qui envoient l'argent à nos agents à l'étranger. Ils ont des moyens détournés, ne laissant pas de traces, de le faire parvenir...

En somme, mon père est une sorte de comptable, ou de caissier.

Mon frère s'arrête de marcher et se plante devant moi.

— Qu'est-ce que tu voudrais que je fasse ?

— Je ne sais pas. J'ai seulement voulu t'avertir.

— Tu admets qu'il est ridicule ?

— Je le plains.

— Et, parce qu'il est à plaindre, je devrais me rendre malheureux.

— Je n'ai pas dit ça, Olivier. Tu pourrais peut-être la voir ailleurs.

— Le mercredi, alors, puisqu'elle n'a le droit de sortir que le mercredi...

Je ne sais pas. Ce n'est pas mon problème. Je ne peux m'empêcher d'être inquiète et de me faire du mauvais sang pour mon père.

J'avais raison de penser que notre mère n'était peut-être pas loin. Elle ouvre lentement la porte, en robe de chambre, elle aussi, avec ses éternelles pantoufles rouges. Ses cheveux sont encore en désordre, son visage un peu bouffi. Elle nous regarde l'un après l'autre.

— Tu ne manges pas ? demande-t-elle à Olivier dont les œufs, auxquels il a à peine touché, se sont figés dans l'assiette.

— Je n'ai pas faim.

Il est inutilement sec. Il ajoute, pourtant, comme à regret :

— Bonjour, maman.

— Bonjour.

Le bonjour sert pour nous deux. Elle ne semble pas faire attention à moi. Elle va ouvrir la porte pour lancer :

— Donnez-moi encore du café, Manuela...

Elle doit avoir hâte que nous partions afin de boire du vin rouge, à moins qu'il n'y ait une bouteille de cognac ou de whisky dans la maison. Quand elle est en neuvaine, tout lui est bon.

Elle s'assied, lasse, sans ressort, et Olivier annonce :

— Il est temps que je parte.

Ce n'est pas vrai, mais je comprends qu'il préfère s'en aller. Je finis mon petit déjeuner et me demande une fois de plus s'il y a d'autres familles comme la nôtre.

— Que se passe-t-il ?

Elle voudrait me faire parler.

— Je ne sais pas. Pourquoi ?

— J'ai entendu des éclats de voix.

— C'est son habitude de parler comme ça.

Elle sait que je mens. Cela lui est égal. Elle me regarde de ses petits yeux durs et douloureux tout ensemble. Manuela, gorgée de vie, lui apporte son café, et le contraste entre les deux femmes est presque tragique.

— Tu travailles toute la journée ?

Le samedi, il m'arrive de rentrer à midi. D'autres fois, je suis de service toute la journée. Quand je sais que le professeur viendra, je m'arrange pour rester.

— Tu as vu ton père ?

— Non. Il était descendu quand je me suis levée et je suis arrivée en bas lorsqu'il s'éloignait à vélomoteur.

Pourquoi m'a-t-elle demandé ça ? Avec elle, il n'y a pas de paroles en l'air. Tout ce qu'elle dit a un but, parfois si bien caché qu'on met tout un temps à le découvrir.

— Il faut que je me prépare. Je serai en retard. Excuse-moi...

Je me contente de prendre une douche, car ce serait trop long de nettoyer la baignoire et de me faire couler un bain. Je mets mon tailleur en tweed brun que je me suis acheté pour l'automne mais je ne suis pas sûre qu'il aille à mon teint. Je ne peux pas m'habiller toute l'année en bleu marine.

Quand j'entrouvre la porte de la salle à manger, ma mère n'y est plus. Elle n'est pas dans la cuisine non plus, où Manuela chante une chanson de son pays. Je suppose qu'elle est descendue à la cave.

Je sors par derrière la maison et vais chercher mon vélomoteur sous le hangar où se trouve aussi la voiture. Les arbres n'ont pas fini de s'égoutter après tout ce qu'il est tombé d'eau en trois jours. On dirait que la nature, convalescente, se remet lentement, et le soleil est encore pâle.

Sur la route, je suis bien obligée, chaque fois que je croise une voiture, de rouler dans les flaques d'eau.

Notre maison est située à Givry-les-Étangs, en bordure du bois. C'est plutôt une villa, en briques depuis longtemps ternies, avec des enjolivures en céramiques de couleur, un toit compliqué et deux clochetons. Elle a été construite un peu avant la fin du siècle dernier par un oncle de mon père, un Le Cloanec aussi, qui a été administrateur colonial à Madagascar, puis au Gabon.

A une certaine époque, il a donné sa démission et est devenu coupeur de bois. Cela lui a permis, en quelques années, d'amasser une petite fortune et de venir faire construire à Givry-les-Étangs. Il y a deux étangs, en effet, non loin de chez nous, l'Étang-Vieux, qui est devenu une sorte de marais, et le Grand-Étang, sur lequel nous avons une vieille barque toujours pleine d'eau croupie.

Un autre pavillon, plus loin, est à vendre depuis plusieurs années. Il y en a un troisième habité par un couple, les Rorive, d'anciens crémiers retirés des affaires.

Il y a l'histoire de la négresse... Car mon oncle est revenu d'Afrique en compagnie d'une superbe négresse et je ne suis pas sûre que son intention n'était pas de l'épouser. Je ne sais pas comment elle était, car il n'existe aucun portrait d'elle, seulement un portrait de mon oncle, important, bedonnant, le casque colonial sur la tête.

De qui a-t-elle fait la connaissance au cours de ses pérégrinations dans Paris ? Toujours est-il qu'un beau soir elle n'est pas rentrée et il paraît qu'on l'aurait vue dans une maison close où elle serait devenue pensionnaire.

C'est une histoire que j'ai entendue par bribes, quand une des sœurs de ma mère vient la voir et qu'elles bavardent sur un ton monotone comme un robinet qui coule.

Mon père a hérité de la maison, qui s'appelle Les Glaïeuls, et d'une modeste somme d'argent, car son oncle avait placé son argent en viager.

Après Givry-les-Étangs, quelques kilomètres me séparent encore de la route Saint-Cloud-Versailles, où le trafic est plus intense et où je dois faire attention.

C'est à partir de cet endroit-là que je ne me sens plus de liens avec la maison mais bien avec l'hôpital Broussais.

Le professeur Shimek est à la tête du service d'immunologie, qui comporte plusieurs laboratoires. Nous sommes une bonne vingtaine à y travailler sous la direction de Mlle Neef, une vieille fille de cinquante-cinq ans qui a voué sa vie au professeur.

Elle ne peut pas me sentir, car elle sait, si même elle ne nous a jamais surpris, que ma dévotion, à moi, n'est pas platonique comme la sienne.

Je crois que tout le monde est au courant, bien qu'en public mes relations avec Stéphane soient celles d'une petite laborantine avec le grand patron. J'évite même, pendant la journée, de le regarder en face, par crainte de me trahir.

Le pauvre Ropart a dû être le premier à savoir car, pendant plus d'un an, il m'est arrivé de sortir avec lui et de passer une heure ou deux dans son logement de la rue de l'Éperon.

C'est un garçon intelligent, qui a de l'avenir. Le professeur fait beaucoup de cas de lui et lui confie des recherches importantes. Ai-je pensé qu'un jour j'épouserais Gilles Ropart ? Je n'en suis pas sûre, mais l'idée a dû m'effleurer, ne fût-ce que quand l'atmosphère de la maison était irrespirable, ce qui est fréquent.

J'ai toujours su que je n'étais pas amoureuse de lui, mais du professeur. Lui, c'était plutôt un camarade, même si nous avions des relations plus intimes auxquelles je n'attachais pas beaucoup d'importance. Dès que j'ai commencé à travailler à Broussais, j'ai été amoureuse de Shimek, mais j'ai longtemps pensé qu'il était inaccessible.

Certaines se moquent de lui, car il a gardé un assez fort accent et il a l'habitude de faire des plaisanteries qu'on ne comprend pas toujours. Il lui arrive aussi de parler seul.

Ce n'est pas du tout le grand patron tel qu'on l'imagine. Il n'est pas solennel, comme mon père, et son visage très mobile est plutôt celui d'un vieux gamin qui adore faire des farces.

Il n'en est pas moins membre de l'Académie de médecine et on parle de lui pour le Prix Nobel.

Je m'arrangeais toujours pour rester seule avec lui quand, le soir, il s'attardait à disséquer un de nos animaux, un rat, un hamster, plus récemment un chien. Nous avons plus de trente chiens au sous-sol et les malades, dans les autres services, se plaignent de les entendre hurler une bonne partie de la nuit.

Shimek va son chemin sans que rien puisse l'en détourner, sûr qu'il est dans la bonne voie et que ses découvertes auront pour l'homme une importance capitale.

— Qu'est-ce qu'il y a, mon petit ?

Toutes les laborantines, pour lui, sont *mon petit*. Il est vrai que cela lui facilite les choses car il n'a aucune mémoire des noms, surtout des noms français.

— Il n'y a rien, monsieur. Je me demandais si je ne pouvais pas vous aider.

— M'aider, hein ?

Il disait cela avec ironie, comme s'il m'avait percée à jour.

— Il me semble que, le soir, vous n'êtes pas pressée de rentrer chez vous.

— Je me sens davantage chez moi ici.

— Voyez-vous ça !... Et ce grand garçon roux, Ropart, n'est-ce pas ?... Vous avez cessé de sortir avec lui ?

J'étais rouge, embarrassée, et je ne savais où regarder.

Je ne pense pas qu'il le faisait exprès. Je ne crois pas non plus que c'est un cynique. Au contraire. Plus tard, je me suis dit que c'était par une sorte de pudeur qu'il me parlait ainsi, comme pour se moquer de lui-même.

Avait-il été jaloux de Ropart ?

— Vous vous êtes disputés ?

— Non... Nous étions surtout de bons camarades.

— Vous ne l'êtes plus ?

— Je ne le vois plus en dehors d'ici.

— Il ne vous en veut pas ?

— Certainement pas. Il a compris.

Il est allé se laver les mains avec soin, comme le font les chirurgiens, et il a grommelé quelques mots dans sa langue. On aurait dit qu'il n'était pas content. Il a tourné autour de moi, remettant des instruments en place, puis il a fini par me poser les mains sur les épaules.

— Amoureuse ?

Sa voix était légèrement différente, comme voilée.

— Oui, ai-je répondu en le regardant bien en face.

— Vous savez que je suis marié ?

— Oui.

— Que j'ai une fille qui a presque votre âge ?

— Elle n'a que quatorze ans.

— Je vois que vous êtes au courant.

Je savais aussi qu'il habitait un vaste appartement place Denfert-Rochereau, face au Lion de Belfort.

— Qu'est-ce que vous espérez ?

— Rien.

— C'est à peu près tout ce que je peux vous donner. Il m'est impossible, dans ma situation, d'avoir une liaison.

— Je sais.

Est-ce qu'il sentait ma ferveur, ma dévotion, la qualité de mon amour ? Je n'étais plus une petite fille qui s'amourache de son professeur. J'étais une femme. En dehors de Ropart, j'avais eu deux aventures sans lendemain.

— Vous êtes une drôle de fille.

C'est alors qu'il m'a embrassée avec une certaine tendresse, d'abord sur les joues, puis sur la bouche, tandis que ses bras m'étreignaient.

Nous n'avons jamais été seuls dans une vraie chambre. Nous n'avons jamais fait l'amour dans un lit, si on excepte le lit de camp démontable qui ne sert que quand quelqu'un doit rester de garde.

Pendant la journée, il me traite exactement comme il traite les autres, gentiment, un peu paternellement, toujours avec une certaine dose de distraction.

J'en suis arrivée à penser que les êtres humains l'intéressent peu. Il consacre son temps et sa santé à essayer de les guérir, de leur assurer une existence meilleure mais, individuellement, ils n'existent pas pour lui.

Je me suis souvent demandé comment il était chez lui, en famille, ou avec des amis intimes, s'il en a. Il s'entend assez bien avec les autres grands patrons de Broussais, en particulier avec le cardiologue, mais je ne crois pas qu'on puisse parler d'amitié.

Moi, je lui appartiens. Il s'y est habitué. Il lui arrive de rester une semaine sans s'occuper de moi, sachant que je suis là, que je serai toujours là, quoi qu'il fasse.

Je resterai vieille fille. Cette perspective ne me déplaît pas et peut-être un jour, beaucoup plus tard, quand elle prendra sa retraite, occuperai-je la place de Mlle Neef dans le service.

Je crois que je suis heureuse. Je le serais s'il n'y avait pas la vie à la maison, à laquelle je préfère ne pas penser. Je m'en veux de ne ressentir pour ma mère qu'une sorte de pitié latente. Quant à mon père, je le plains aussi, tout en lui en voulant un peu d'être l'homme qu'il est.

S'il avait réagi, dès le début, au lieu de garder le silence et de baisser la tête, ma mère ne serait-elle pas différente ? Au bureau, il fait peut-être illusion. En tout cas à lui-même. Il se donne l'air important, solennel, comme dit Olivier, mais ceux qui travaillent avec lui ne s'en moquent-ils pas derrière son dos ?

Il est assez grand, assez large d'épaules. Il se tient droit comme un officier qu'il est, mais il manque de poids, de consistance.

Je me demande si les autres filles de mon âge jugent leurs parents. A la maison, tout le monde s'épie. Rien ne se perd, pas une attitude, pas un mot, une lueur fugitive dans les yeux.

— Qu'est-ce que tu as ?

— Rien, maman.

Mon père, lui, ne pose pas de questions mais fronce ses épais sourcils. Il a aussi des touffes de poils grisâtres dans les oreilles.

— Tu devrais te les faire couper, lui ai-je dit un jour que je me sentais assez proche de lui.

Il s'est contenté de me regarder comme si je venais de dire la pire des bêtises. Un homme comme lui, avec ses responsabilités, se préoccupe-t-il des poils qui lui poussent dans les oreilles ?

Et voilà qu'il est amoureux de Manuela et qu'il devient le rival de son fils !

Je ne veux pas y penser. Je me mets au travail, dans le plus petit des laboratoires, où je suis le plus souvent occupée. A cette heure, le samedi, le professeur donne un cours et c'est son assistant, le docteur Bertrand, qui dirige le service.

Ici aussi, on m'épie. En près d'un an, la nouvelle de mes relations avec le professeur a eu le temps de se répandre. Se demande-t-on ce que j'ai pu faire, avec mon visage sans attrait, pour le séduire ?

34

Ou bien juge-t-on que je suis assez bien assortie à son visage de vieux clown ? Ce mot-là je l'ai entendu plusieurs fois. C'est vrai qu'il a le visage plissé, d'une mobilité extrême, et qu'il peut étirer sa bouche comme un clown de cirque.

Que peut-on murmurer d'autre sur notre compte ? Je ne reçois aucun avancement, aucune faveur. On dirait au contraire que Shimek met son point d'honneur à me confier les travaux les plus déplaisants. C'est sa façon de leur répondre.

— C'est rare que tu sois en retard, dis donc. Il est neuf heures et quart.

— Je sais. Ma mère n'était pas bien ce matin et la route était mauvaise.

— Tu es de service, après midi ?

— Je ne sais pas.

— Un chien est mort tout à l'heure, qui était censé vivre encore plusieurs jours. *Il* voudra certainement savoir ce qu'il en est.

Et, dans ce cas, je resterai. Je mangerai à la cantine, ce qui ne me déplaît pas. Olivier, lui, sortira avec ses amis. Seul mon père n'a aucune excuse pour ne pas rentrer aux Glaïeuls mais il aura soin de s'enfermer dans son bureau pour faire semblant d'y travailler.

En somme chacun de nous fuit ma mère. Chacun de nous, en dehors de la maison, avons une autre vie à laquelle nous raccrocher, d'autres joies, d'autres préoccupations.

Elle, pas. Tout au plus prend-elle la voiture pour aller faire son marché à Givry-les-Étangs et, une ou deux fois par semaine, au supermarket de Versailles.

Elle a quatre sœurs et un frère. Son frère, Fabien, directeur des Chocolats Poulard, habite Versailles avec sa femme et ses deux enfants. Une autre sœur, Blandine, habite Paris, rue d'Alésia, où son mari a une entreprise de déménagements et de transports routiers. Quant à Iris, celle qui est restée célibataire, elle a un petit appartement place Saint-Georges et elle gagne sa vie comme sténographe.

La grosse, comme on appelle Alberte, a épousé un important épicier de Strasbourg, et Marion habite Toulon.

Il y a une photographie de ma mère et de ses sœurs, encore enfants, autour du général en uniforme et de sa femme, sur un des murs de la salle à manger.

Pendant tout un temps, l'une ou l'autre de mes tantes fréquentait la maison, mais cela devient de plus en plus rare. C'est à peine si je connais mes cousins et cousines. Il y en a, à Toulon, que je n'ai jamais vus de ma vie.

Je travaille, l'esprit absent, vêtue de ma blouse blanche, un bonnet sur la tête. Nous sommes ainsi une vingtaine à aller et venir, à nous pencher sur des éprouvettes, à soigner de petits animaux que nous connaissons par leur nom.

La sonnerie de midi retentit alors que je crois la journée à peine commencée. Je me lave les mains, me donne un coup de peigne et je suis la plupart de mes compagnes au réfectoire. Nous y retrouvons les infirmières des autres services qui ne s'occupent pas de nous car nous formons comme un monde à part.

On raconte que le professeur Shimek, pour un sérum, a besoin de chevaux et qu'il a l'intention de

faire transformer un des garages en écurie. Les infirmières, comme les malades, nous en veulent déjà à
cause des chiens !

— Et maintenant on va avoir des chevaux à
l'hôpital...

J'ignore si c'est vrai. Il y a toujours des bruits qui
courent, surtout en ce qui concerne mon patron.
Personne ne doute de sa valeur, mais on le considère comme un original qui sacrifierait les trois
quarts de Broussais à ses recherches.

Mon père et ma mère sont en tête à tête dans la
salle à manger sombre des Glaïeuls. Est-ce que ma
mère va lui parler ? Était-elle éveillée quand il est
monté au second étage où il est resté si longtemps,
pieds nus, sur le palier ?

Je ne m'attends pas à ce qu'elle y fasse allusion,
ou alors ce sera une allusion très subtile, de façon à
l'inquiéter sans lui laisser savoir à coup sûr si elle est
au courant.

Olivier, comme presque tous les samedis, doit
déjeuner au restaurant universitaire. Est-ce qu'il
parle de Manuela à ses amis ? Est-ce qu'il éprouve
le besoin de leur faire des confidences ou garde-t-il
son grand amour pour lui-même ?

Je mange. Je regarde les visages. Je pense et je
finis par ne plus savoir au juste à quoi je pense.

2

Ce soir du 10 novembre, mon père m'a surprise en ne gagnant pas son bureau après le dîner et en s'installant au salon séparé de la salle à manger par une large ouverture sans porte.

Je me suis demandé si c'était pour voir, un peu plus tard, Manuela ranger la vaisselle et les verres dans le buffet. Quant à ma mère, elle s'est contentée de le regarder fixement. Elle en est au second jour de sa neuvaine et elle a bu un peu plus qu'hier. Sa démarche commence à être incertaine, flottante. Elle va boire davantage chaque jour jusqu'à ce que, se plaignant toujours de migraines, elle passe deux ou trois jours au lit.

Je me suis trompée en ce qui concerne les motifs de mon père. La télévision donne un film d'avant la guerre, aux images léchées et aux éclairages savants. Les hommes portent des vestons courts et cintrés, les cheveux plaqués, les femmes des robes longues, et leur maquillage leur donne un air romantique.

Tout le film est bêtement sentimental et pourtant mon père le regarde avec intérêt, sans doute avec nostalgie. J'ai l'impression qu'il l'a vu autrefois, peut-être à vingt ans, peut-être plus tard à l'époque de son mariage. Je suis surprise qu'il fixe l'écran avec autant d'attention et il me semble, à certain moment, qu'il a les yeux embués.

Je monte me coucher la première, car je n'ai pas beaucoup dormi la nuit précédente. Je ne sais pas si, en mon absence, ils se parlent. Je suppose que non.

Dans la nuit, je suis réveillée par le vélomoteur d'Olivier qui fait le tour de la maison, puis par des pas sur le gravier. Mon frère doit être saoul, je le comprends tout de suite, car sa main tâtonne un bon moment avant d'enfoncer la clef dans la serrure. Ensuite, il monte à pas lourds, bruyants, en se raccrochant à la rampe.

Il ne s'arrête pas au premier et il va frapper à la porte de Manuela qui lui ouvre.

Mes parents, qui ont le sommeil plus léger que moi, ne peuvent pas ne pas entendre, mais cette fois mon père ne monte pas. Au-dessus de ma tête, je ne sais pas ce qu'ils font mais j'entends des bruits de pas, de meubles qu'on déplace, et la voix de mon frère qui paraît en colère.

A certain moment, il se jette sur le lit et, assez longtemps plus tard, l'Espagnole l'y rejoint.

Il y a une accalmie. Après un quart d'heure, quelqu'un va dans la salle de bains, mon frère sans doute, et tire plusieurs fois la chasse d'eau.

Je ne l'entends pas redescendre, car je finis par me rendormir. A-t-il passé la nuit dans la mansarde de la bonne ? Est-il rentré chez lui ? Il me semble, bruyant et maladroit comme il l'était, que je l'aurais entendu.

Est-ce que ce n'est pas un défi, une sorte de déclaration de guerre ? Il n'a pris aucune précaution pour qu'on ne l'entende pas. Au contraire.

Le matin, à neuf heures et demie, Manuela part pour Givry la première afin d'assister à la messe. Elle n'a pas congé le dimanche. Son jour est le mercredi, parce que c'est aussi le jour de son amie qui travaille avenue Paul-Doumer, près du Trocadéro.

Il pleut doucement, une pluie fine et régulière qui doit être froide. Je vois Manuela s'éloigner sur la route en tenant son parapluie. Elle ne manque jamais la messe et, avant de manger, elle ne manque pas non plus de se signer.

Mon père finit son petit déjeuner, va décrocher, dans le couloir, son chapeau et son imperméable. Lui aussi va à la messe. Il est breton, du Pouliguen, près de La Baule, où son père tenait une petite librairie et où sa mère vit encore dans une maison de retraite.

Mon frère et moi avons été baptisés. J'ai fait ma première communion, mais pas mon frère, je ne sais pas pourquoi.

Du côté de ma mère, on n'est pas catholique et le général passait pour appartenir à la franc-maçonnerie. J'ignore si c'est vrai ou non.

Olivier descend en pantoufles, sans veston, les cheveux en désordre, la chemise ouverte sur sa poitrine. Ses yeux sont enflés, son visage fripé, avec des plaques rouges, et, en l'observant avec plus d'attention, je remarque la trace d'une morsure à la nuque, en dessous de l'oreille.

— Il est parti ?

— Il est allé à l'église en voiture.

— Grand bien lui fasse. Et maman ?

— Manuela lui a monté son café avant de partir.

— A pied ?

— Tu trouveras du café dans la cuisine. La poêle est toute prête pour tes œufs. Tu veux que je te les cuise ?

— Je n'ai pas faim.

Sa moue dégoûtée en dit long. Il a la gueule de bois et son crâne doit être douloureux.

— Tu étais avec des amis ?

— Quand ?

— Hier soir, lorsque tu as bu.

— J'ai surtout bu seul, quand ils m'ont quitté.

— Tu ne crois pas, Olivier, que tu devrais faire attention ?

Il me regarde durement, déjà agressif.

— Toi aussi ? Tu vas te mettre avec eux ?

— Non, mais je pense qu'il est inutile de...

— J'ai le droit de vivre, non ? Est-ce que c'est vivre, ce qu'ils font ? Est-ce que c'est vivre, ce que nous faisons tous dans cette maison ? S'ils sont dingues, ce n'est pas ma faute.

Je lui sers une seconde tasse de café et il la sucre machinalement.

— J'en ai marre, grogne-t-il sourdement. Si j'avais seulement de l'argent, je partirais avec Manuela. C'est elle seule qui me retient ici. Et il faut que mon imbécile de père se mette à courir derrière elle, la langue pendante. Il a l'air malin ! S'il pouvait savoir ce qu'il la dégoûte...

Je ne sais pas pourquoi je ressens un serrement de cœur. Les mots brutaux d'Olivier font image dans mon esprit et, au lieu de me dresser contre mon père, m'inspirent de la pitié à son égard.

Pourtant, je comprends l'amertume de mon frère. Moi aussi, il m'arrive de me révolter contre la vie à la maison, et je me demande toujours s'il existe beaucoup de familles comme la nôtre.

D'où vient le mal ? Est-ce qu'il a toujours existé ? Est-ce que mon père et ma mère n'ont jamais été amoureux, n'ont jamais formé un vrai couple, ou bien est-ce arrivé plus tard, alors que nous étions déjà nés ?

J'ai tendance à mettre la situation sur le compte de maman, qui ne doit jamais avoir été très équilibrée. A-t-on essayé de la soigner ? A-t-elle accepté d'être examinée par un psychiatre ? Il y a toujours, entre elle et la réalité, un certain décalage, parfois si subtil qu'il faut être de la famille pour s'en apercevoir.

Mon père était-il bien l'homme capable de la prendre en charge ? A-t-il fait tout ce qu'il fallait ? Je lui en veux aussi. Puis je le plains. Je nous plains tous, en somme, et si je ne m'échappais pas chaque matin pour aller à Broussais, je crois que ma raison finirait par y passer aussi.

Olivier me demande :

— Tu sors, après midi ?

— Certainement.

Les dimanches sont mortels aux Glaïeuls. Il est difficile d'échapper les uns aux autres. Après le déjeuner, certaines fois, chacun monte dans sa chambre et essaie de dormir. Je ne sais pas pour les autres. Pour ma part, c'est ce que je fais et il m'arrive de sommeiller une partie de l'après-midi.

Quand je descends au salon, j'y trouve presque toujours ma mère qui regarde la télévision en cousant ou en tricotant. Mon père est dans son bureau à lire des journaux et des magazines.

Olivier, lui, a bien soin d'être absent et c'est rare qu'il rentre le dimanche pour dîner.

Pour le moment, il fume sa première cigarette en soufflant la fumée d'un air de défi. Il a l'air farouche des amoureux prêts à s'en prendre au monde entier. Il regarde l'heure. Il doit penser à la messe qui est sur le point de finir. Manuela en a pour vingt bonnes minutes à revenir à pied de Givry. Il pleut toujours. Le ciel est gris et bas, immobile, avec des parties plus sombres.

— Je vais prendre une douche.

— Cela te fera du bien.

Il me regarde avec irritation.

— Parce que je n'ai pas l'air bien ? Si tu veux le savoir, je me suis saoulé exprès. J'étais avec Marcel Pitet. Nous avons pris quelques verres et il a voulu rentrer chez lui. Une fois seul, je suis entré dans le premier bar venu et j'ai bu des cognacs, accoudé au zinc. Une femme a essayé de me lever et j'ai fini par lui offrir à boire et par tout lui raconter. J'avais besoin d'en parler à quelqu'un. Je lui disais :

» — Mon salaud de père...

» Et elle me proposait de me consoler. A un moment donné, c'est contre elle que ma colère s'est tournée, peut-être parce qu'elle a eu le malheur de prononcer :

» — Une de perdue, dix de retrouvées !...

» J'ai dû faire un esclandre. Le patron m'a pris mon portefeuille pour se payer, puis il me l'a rendu et m'a poussé dans la rue.

— Va te doucher.

— C'est tout ce que tu trouves à dire, hein ? Bois du café, du café bien noir, et va te doucher. Quand tu redescendras, essaie d'être calme, de ne pas provoquer de scène.

Il me fatigue. Je monte dans ma chambre et je regarde les arbres dont les feuilles jaunies, celles qui ne sont pas encore tombées, sont laquées par la pluie.

Il m'est arrivé de tout mettre sur le compte de la maison, du bois toujours sombre, de l'Étang-Vieux et du Grand-Étang, de cet endroit perdu où nous n'avons qu'un seul voisin ridicule.

Non seulement les Rorive, qui ont été pendant trente ans crémiers rue de Turenne, étalent naïvement leur satisfaction d'avoir réussi, mais ils se croient obligés, parce qu'ils sont nos voisins, de venir parfois sonner à la porte.

Apparemment, ils ne remarquent rien. Ils apportent toujours un gâteau ou des chocolats. Ils sourient comme si on les accueillait à bras ouverts et pénètrent au salon où ils prennent place, tous les deux.

— Vous n'avez pas souffert de la chaleur ?

Ou de l'humidité. Ou de la sécheresse. Rorive passe des heures à pêcher dans le Grand-Étang où il attrape parfois une tanche. Un jour qu'il en a pris deux assez belles, il nous les a apportées enveloppées de feuilles.

— Pour enlever le goût de vase, il faut les laver intérieurement avec un peu de vinaigre.

Souvent ma mère est seule quand ils viennent et, si mon père est là et qu'il les aperçoit à temps, il se hâte de gagner son bureau.

Et pourtant ce sont les Rorive qui sont normaux, non ? Je me tourne vers la route mouillée et je vois notre voiture qui se rapproche. Mon père est au volant et il y a quelqu'un que je ne distingue pas à côté de lui. Je devine tout de suite. Quand l'auto est plus près, je reconnais le visage de Manuela.

Cela paraît naturel. Ils étaient tous les deux à l'église. Il pleut. La route est assez longue. Mon père, seul dans la voiture, propose à l'Espagnole de la ramener...

Ce serait peut-être naturel pour d'autres, mais pas pour nous, et je souhaite que ni ma mère ni Olivier ne regardent par la fenêtre.

La voiture contourne la maison. On entend claquer la portière, puis les pas de deux personnes sur le gravier, la voix de Manuela qui dit quelque chose qu'on ne comprend pas de si loin.

Elle est joyeuse. Il n'y a qu'elle dans la maison, le dimanche comme les autres jours, à aller et venir, provocante, son uniforme noir tendu par ses seins et par sa croupe.

Je me demande souvent si elle ne le fait pas exprès, si ce n'est pas une façon de narguer ma mère, peut-être mon père aussi. Non, c'est surtout ma mère qu'il lui arrive de regarder avec des yeux narquois.

Olivier entre dans ma chambre sans avoir frappé alors que je suis en train de m'habiller.

— Tu as vu ?

— Quoi ?

— Papa l'a ramenée.

— Il pleut.

— Ce n'est pas une raison pour l'embarquer dans la voiture et pour lui faire du plat. Il faudra que je demande à Manuela s'il n'a pas essayé de lui mettre la main sur le genou.

— Tu exagères, Olivier...

— Tu crois ? On voit bien que tu ne connais pas les hommes. A part ton vieux professeur...

— Laisse-moi finir de m'habiller, veux-tu ?

Maintenant, c'est moi qu'il attaque, oubliant qu'il ne saurait rien de ma vie privée si je ne m'étais confiée à lui un soir que j'éprouvais le besoin de parler de mes sentiments.

— Une maison de fous, tu entends ?

Il sort en claquant la porte derrière lui. A midi et demi, quand on sert le déjeuner, le poulet des dimanches, nous nous retrouvons autour de la table, chacun à notre place. Manuela va et vient, apportant les plats, disparaissant dans la cuisine pour réapparaître un peu plus tard.

Personne ne parle. Personne n'a envie de parler. Olivier, très rouge, se sert trois verres de vin coup sur coup et mon père feint de ne pas s'en apercevoir. Ma mère, elle, suit tous ses mouvements et les expressions de son visage.

Il ne faudrait qu'un mot, qu'un geste pour que la scène éclate et je sens que mon frère refrène avec peine son envie de la déchaîner. Cela le soulagerait, mais par la suite la vie deviendrait plus difficile pour nous tous.

Olivier quitte la table le premier, après un nouveau verre de vin qu'il vide d'une lampée. Dix minutes plus tard, nous sommes encore dans le salon, à prendre notre café, quand nous entendons son vélomoteur et que, par la fenêtre, nous le voyons passer.

C'est mon tour de m'échapper et je monte mettre mes bottes, prendre mon imperméable à capuchon.

— Je suppose que je rentrerai pour dîner... dis-je en entrouvrant la porte du salon.

Ils restent à deux et, eux, ne peuvent pas s'enfuir. Leur seule ressource est de rester chacun dans son petit univers, ma mère au salon, mon père dans son bureau.

Le temps ne leur permet même pas de se promener isolément dans les bois, autour des étangs. Peut-être les Rorive viendront-ils avec une tarte ou un gâteau pour leur raconter comment, à trois heures du matin, ils faisaient déjà, du temps de la crémerie, leurs achats aux Halles.

Les achats, c'était lui qui les faisait pendant qu'elle mettait à bouillir les différents légumes qu'on rangeait ensuite sur le marbre blanc du comptoir car beaucoup de clientes, pour gagner du temps, achetaient leurs légumes déjà cuits.

Je vais aux Champs-Élysées où, malgré la pluie, on fait la queue devant les cinémas. Cela ne signifie-t-il pas que d'autres gens, même des couples, même des familles, éprouvent le besoin de tuer le temps et de fuir leur petit tran-tran quotidien ?

Je n'ai pas rendez-vous avec une amie, ni avec une simple collègue, car de véritable amie je n'en ai pas. Nous n'avons pas les mêmes préoccupations, elles et moi. Beaucoup ont un amoureux avec qui elles sortent leur jour de congé. D'autres se réunissent à deux ou à trois et, l'été, vont pique-niquer à la campagne.

Il doit y en avoir, aujourd'hui, qui attendent leur tour devant l'entrée des cinémas.

J'attends aussi, me demandant ce que le professeur fait le dimanche. Peut-être sort-il, lui aussi, avec sa femme et sa fille. Ils ont une petite maison de campagne dans les environs de Dreux, mais ce n'est pas la saison d'aller s'y enfermer.

Reçoivent-ils des amis ? Sont-ils gais, enjoués ? Je voudrais tout connaître de lui mais il y a malheureusement de larges pans de sa vie qui m'échappent.

Sur son bureau, il y a un portrait de sa femme et de sa fille dans un cadre d'argent. Sa femme, à mon avis, est quelconque, pour autant qu'on puisse juger d'après une photographie très retouchée. Quant à sa fille, qui porte les cheveux longs, elle a un regard déjà grave.

Que peuvent-ils se dire, tous les deux ? Qu'est-ce qu'un père et une fille se racontent ? J'en suis réduite à imaginer leurs dialogues, car nous n'avons jamais eu, mon père et moi, de véritables conversations. Ou alors, c'était dans le domaine pratique.

— Tu es sûre que tu fais tout ton possible ? me disait mon père quand j'étais encore au lycée. Tu n'as pas peur d'échouer à ton bac ?

Puis, quand j'ai parlé de devenir laborantine :

— C'est, pour une femme, un des plus beaux métiers, à condition d'avoir la vocation. Avant tout, il y faut de la patience.

Comme s'il savait ! Comme s'il avait tout expérimenté dans sa vie, lui qui a toujours eu des œillères et qui ne voit que ce qu'il veut bien voir !

Je trouve une place au bout d'une rangée et, comme les autres, regarde l'écran où des gens qui s'aiment doivent franchir tous les obstacles imaginables. A la fin, ils y parviennent, bien entendu.

Est-ce cela que les centaines de gens assis dans l'obscurité de la salle sont venus chercher ?

Après le cinéma je me promène aux Champs-Élysées, à regarder les vitrines. La pluie a cessé. Du coup, une foule dense a envahi les trottoirs.

J'entre dans un restaurant self-service de la rue de Berri pour dîner. Quand, mon assiette d'une main et mon verre de l'autre, je cherche une place pour m'asseoir, je me trouve en face d'une toute jeune fille, qui n'a certainement pas plus de seize ans. Son visage brouillé exprime la détresse, le désarroi. Pendant tout le temps que je reste là, elle se retient de pleurer et, honteuse, elle détourne la tête chaque fois que je la regarde.

Mon frère a dû rentrer très tard. Je ne l'ai pas entendu.

La date du lundi 12 est marquée d'une croix dans mon agenda. Cela signifie que Stéphane m'a retenue le soir et que nous avons fait l'amour sur le lit de camp, dans le cagibi peint en jaune.

Je ne l'appelle par son prénom que dans mon esprit. Autrement, même dans nos moments d'intimité, il reste le professeur et je lui dis monsieur, comme c'est la coutume avec les grands patrons, un monsieur appuyé, avec une majuscule, si on peut dire.

Il me regarde toujours avec curiosité, comme s'il ne me comprenait pas très bien.

— Vous êtes satisfaite de votre vie ?

Il voit bien que j'hésite.

— N'ayez pas peur de répondre franchement.

— Ici, dans votre service, je suis très heureuse.

— Et ailleurs ?

— Chez mes parents la vie est différente. J'ai souvent l'impression d'étouffer.

— Ils sont sévères ?

— Ce n'est pas cela. Chacun s'épie. Je me surprends à épier les autres aussi.

— Vous n'avez pas envie de posséder un foyer, d'avoir des enfants ?

En le regardant bien en face, je réponds catégoriquement :

— Non.

— Votre mère n'est pas heureuse ?

— Mon père non plus.

Malgré tant d'années passées en France, il a gardé un accent assez fort. Son visage mobile est marqué de fines rides profondes. Quand il me parle ainsi, il m'apparaît soudain sous un jour différent, comme un père qui essaie de confesser sa fille. Mon père n'a jamais tenté de me confesser. Il se contente de me regarder avec étonnement, comme s'il ne comprenait pas mon comportement.

Il y a une certaine ironie dans la voix du professeur quand il me dit :

— En somme, vous voulez rester célibataire ?

Il n'y croit pas. Il se figure qu'un jour je rencontrerai quelqu'un qui me plaira et que je ferai comme les autres. Il ne doit pas savoir que j'aurais pu me faire épouser par Gilles Ropart et que c'est à cause de lui que je ne l'ai pas fait.

Je me mets, du coup, à penser à ma tante Iris et à son existence solitaire dans son logement de la place Saint-Georges. Elle travaille dans une grosse affaire de publicité de l'avenue des Champs-Élysées.

Elle était la maîtresse de son patron, un homme jeune, audacieux, à qui tout réussissait et qui avait l'air de jongler avec la vie. Il s'était marié très jeune et vivait séparé de sa femme. C'était le Parisien élégant qu'on voyait partout et qui pouvait avoir toutes les femmes qu'il désirait.

Ma tante Iris était-elle jalouse ou se contentait-elle de la part qu'il lui faisait, sachant bien qu'il en revenait toujours à elle ?

Un après-midi, il est mort alors qu'il traversait un des bureaux, comme s'il avait été foudroyé. Il avait quarante-deux ans.

Ma tante est seule, désormais. Elle doit avoir aux environs de la quarantaine, elle aussi. Elle n'est même pas une vraie veuve et elle continue à travailler dans la maison où toute la direction a changé.

C'est la mieux de mes tantes, à qui leurs parents ont donné des noms prétentieux : Alberte, Iris, Blandine, Marion. Le seul garçon, qui dirige les Chocolats Poulard, s'appelle Fabien. Est-ce une idée du général ou de sa femme ?

J'aimerais avoir des contacts avec elle, me rendre parfois place Saint-Georges, où je n'ai jamais mis les pieds. Je pense que nous nous entendrions. Elle est la plus jeune des filles Picot et elle vient une ou deux fois par an, au volant de sa petite auto jaune, nous rendre une courte visite.

Ma mère ne l'aime pas. Je crois qu'elle n'aime aucune de ses sœurs, ce qui explique que je connaisse mal la famille. Les autres se voient entre elles, même Alberte, chaque fois qu'elle vient de Strasbourg à Paris, et Marion, la femme de l'officier de marine qui habite Toulon.

Est-ce que ma tante Iris a été heureuse ? L'est-elle à présent ? Je l'ai croisée récemment dans la rue. Elle ne m'a pas vue et je n'ai pas osé courir après elle. Elle a beaucoup maigri, ce qui donne à ses traits une certaine dureté rappelant un peu ma mère.

— Vous êtes une drôle de fille, Laure.

C'est rare qu'il m'appelle par mon prénom. Ses petits yeux, comme toujours, pétillent de malice, de sorte qu'on se demande s'il se moque ou non.

Je pense qu'il ne se moque pas, qu'il est plutôt un peu attendri.

— Enfin !... Nous verrons bien ce que l'avenir vous réserve...

La neuvaine de ma mère continue et lundi soir elle sent, non pas le vin, mais le cognac ou le whisky. Comme il n'y en a plus à la maison, je suppose qu'elle a pris la voiture et qu'elle est allée acheter deux ou trois bouteilles à Givry ou à Versailles.

Du coup, elle se lève plus tard. Le mardi matin, je descends de bonne heure et je me crois la première.

J'entre dans la cuisine et je surprends un geste de mon père.

Je ne pourrais pas le jurer mais je suis à peu près sûre qu'il a passé un billet à Manuela. En tout cas celle-ci a glissé rapidement dans son corsage une feuille de papier pliée.

— Aujourd'hui, vous me mettrez de la marmelade d'orange, dit-il par contenance.

Pauvre homme ! A son âge, en être réduit à des ruses enfantines !

Je me sers mon café et j'annonce que je ne prendrai pas de toasts. Je n'ai pas faim. Je m'assieds néanmoins dans la salle à manger, en face de mon père.

— C'est le vent d'ouest, dit-il. Nous allons encore avoir de la pluie.

Je dis que oui et je continue à le regarder tandis qu'il se penche sur son assiette. Pour moi, c'est un homme âgé et il me paraît ridicule qu'il soit amoureux. Pourtant, à un an près, il a le même âge que le professeur. Alors, je m'en veux d'être injuste, mais c'est plus fort que moi.

Mon frère descend au moment où je sors pour aller chercher mon vélomoteur. Quand je rentre pour déjeuner, ma mère a les yeux cernés de rouge et elle marche comme une somnambule. Je ne sais pas pourquoi je suis venue déjeuner à la maison, au lieu de manger au réfectoire. Mon père, le plus souvent, prend son repas de midi dans un restaurant du quartier et Olivier fréquente le restaurant universitaire.

On dirait que j'ai besoin de contacts avec la famille, que je les cherche sans les trouver. Comme j'ai cherché longtemps où ma mère cache ses bouteilles. Mon père a cherché aussi, je le sais. Sans résultats. Elle est plus rusée que nous tous.

Le soir, je vais à ma leçon d'anglais, un cours de perfectionnement que je suis deux fois par semaine.

Et, le mercredi, comme d'habitude, Manuela fait la grasse matinée. C'est son grand plaisir, chaque mercredi. Elle ne dort pas nécessairement. Elle reste couchée et fume des cigarettes en lisant des romans en espagnol.

Quand elle n'entend plus de bruit au rez-de-chaussée, elle descend, en chemise de nuit et en peignoir, pour se préparer un grand bol de café au lait.

Je suis sûre qu'elle savoure chaque minute de la matinée et elle ne sort qu'à midi, endimanchée, pour aller prendre l'autobus à Givry. En principe, elle déjeune au restaurant avec son amie Pilar qui travaille chez un gros industriel de l'avenue Paul-Doumer.

Ensuite, ensemble, elles courent les magasins, dînent je ne sais où et finissent la journée dans un bal de l'avenue des Ternes : *Chez Hernandez.*

Le plus souvent, elle rentre par le dernier autobus qui la dépose à Givry à minuit vingt.

Mon père, lui, rentre un peu plus tard que les autres jours, alors qu'il est passé huit heures et que nous l'attendons pour nous mettre à table.

Ma mère ne s'est pas donné la peine de cuisiner. Elle a ouvert une boîte de soupe et acheté des viandes froides. Même la mayonnaise est en bouteille, ce que, quelques années plus tôt, elle n'aurait jamais toléré dans la maison. Elle n'est vraiment pas bien. Il est évident que la neuvaine touche à sa fin car elle ne peut pas tenir longtemps comme ça.

Quand on entend la voiture dans le jardin, elle remarque d'une voix qu'elle contrôle mal :

— Tiens ! Il rentre quand même, celui-là !

Nous nous regardons, Olivier et moi, et je sens que mon frère, bien qu'il en veuille à papa, est profondément choqué. Ce n'est qu'à table que j'observe le visage de mon père qui s'est contenté, en entrant dans la salle à manger, de murmurer :

— Bonsoir, les enfants...

Est-ce que je me trompe ? Je jurerais qu'un léger parfum se dégage de son visage ou de ses vêtements et il a la bouche comme meurtrie de quelqu'un qui vient d'embrasser longuement et passionnément.

Il y a d'ailleurs dans ses yeux une petite flamme presque espiègle. Je ne lui ai jamais vu cette expression de physionomie. On dirait qu'il a perdu sa raideur, une bonne partie de sa solennité.

Pourvu qu'Olivier...

J'observe mon frère qui fronce les sourcils et renifle, lui aussi.

— En fin de compte, nous n'avons pas eu de pluie...

Les propos de mon père tombent dans le vide. Personne n'y fait écho. Ma mère le regarde avec des yeux méchants. C'est un des plus mauvais dîners que nous ayons eus.

Il n'y a que mon père à ne pas s'en apercevoir. Il est heureux, lui. Intérieurement, il exulte, cela se voit à l'éclat de son regard. Il mange avec appétit, se résignant au silence, puisque personne ne veut lui répondre, mais il n'en jubile pas moins.

Était-ce bien un billet, ou une lettre, qu'il remettait, dans la cuisine, à Manuela ? C'est probable. C'est probable aussi qu'il lui demandait un rendez-vous. Je ne suis sûre de rien mais, dans la famille, nous sommes habitués à interpréter les signes.

Il l'a vue. Ce doit être le parfum de l'Espagnole qu'il dégage encore et que mon frère essaie d'identifier. Quant à ma mère, si elle ne dit rien, elle ne s'en tient pas moins une sorte de discours intérieur et il lui arrive deux ou trois fois d'avoir un sourire sarcastique.

Sa serviette repliée, mon père se dirige vers son bureau et je sens qu'Olivier est sur le point de le suivre. Je le regarde comme si je voulais l'hypnotiser, en me disant : « Pourvu qu'il n'y aille pas… »

Il n'entre pas. Il s'arrête devant la porte. Je lui murmure en passant près de lui :

— Tout à l'heure, chez moi…

Puis je me mets, comme tous les mercredis, à desservir la table. Maman fait mine de m'aider, vacille, se retient à une chaise et je la conduis à son fauteuil en murmurant :

— Toujours tes vertiges…

Est-elle dupe ? Je tourne le bouton de la télévision et je gagne la cuisine où je commence à laver la vaisselle. Je ne sais pas à qui j'en veux le plus, si c'est à Manuela ou à mon père.

Quand je monte dans ma chambre, je trouve Olivier étendu sur mon lit. Il ne s'est pas donné la peine de retirer ses chaussures et il a jeté son veston à travers la pièce, ratant la chaise visée.

— Qu'est-ce que tu me veux ? questionne-t-il, agressif.

— Bavarder avec toi.

— A quel sujet ?

— Tu le sais bien. Il faut te calmer, Olivier. Tu ne peux pas continuer à vivre les nerfs aussi tendus.

— J'ai l'air tendu, moi ?

C'est vrai que, sur mon lit, il paraît calme, d'un calme qui m'inquiète.

— Il ne faut pas prendre cette histoire au tragique...

— Tu parles de ce vieux salaud ?

Ainsi, il en est arrivé aux mêmes conclusions que moi. Ou plutôt c'est ce que je pense encore à ce moment.

— C'est notre père que tu appelles ainsi ?

— Je me demande comment tu l'appellerais si tu étais à ma place. Je les ai vus.

— Qu'est-ce que tu racontes ?

— La vérité, simplement. Je me doutais de quelque chose. Hier, déjà, j'ai surpris des signes entre eux, une sorte de complicité, et elle m'a demandé de ne pas monter la voir.

— Comment se fait-il que tu les aies rencontrés ?

— Je ne les ai pas rencontrés. J'ai suivi Manuela. Je savais dans quel restaurant elles ont l'habitude de se retrouver, avenue de Wagram. Un peu avant une heure, Manuela y est entrée. Les autres mercredis, elles passent l'après-midi à courir les magasins ou au cinéma.

» Elles sont sorties du restaurant vers deux heures et elles se sont dirigées vers l'Étoile. Là, elles se sont quittées, joyeuses toutes les deux, et Manuela est descendue dans le métro.

» J'avais mon vélomoteur et je ne pouvais pas la suivre. J'ai eu une sorte d'inspiration. Je me suis dirigé aussi vite que j'ai pu vers le métro Porte d'Orléans, le plus proche du bureau de père. Il était là, à attendre sur le trottoir, en regardant parfois sa montre.

— Il ne t'a pas vu ?

— Non. Je ne crois pas. De toute façon, cela m'est égal qu'il m'ait vu ou non. Elle est sortie de la station et ils ont échangé quelques phrases avant de se diriger vers l'avenue du Général-Leclerc.

Il se levait, car il avait besoin de remuer.

— Tu comprends, maintenant ? Il frétillait comme un jeune homme et de temps en temps lui frôlait le bras avec la main. Ils se sont arrêtés devant la porte d'un petit hôtel et notre père avait l'air embarrassé. Il lui parlait à mi-voix, en se penchant sur elle.

— Ils sont entrés ?

— Oui.

— Tu es parti ?

— Tu ne t'imagines pas que j'allais rester sur le trottoir tandis qu'à moins de trente mètres de moi ils étaient en train de faire leurs saloperies. Attends seulement qu'elle rentre. Quant à lui, il ne perd rien pour attendre.

— C'est ton père, Olivier.

Ma remarque est ridicule et il le souligne.

— C'est en sa qualité de père qu'il a couché avec mon amie ?

Il est furieux. Il râle. J'ai toujours peur qu'il ne descende et ne fasse un esclandre.

— Tu tiens vraiment à elle ?

— Oui.

— Même maintenant que tu as vu ce que…

— Même maintenant !

Il est dur, menaçant.

— Tu devrais pourtant te faire une raison. Tu sais que cela ne peut aboutir à rien.

— Parce qu'il faut que l'amour aboutisse à quelque chose, n'est-ce pas ? Tu comptes que le tien, avec ton professeur, aboutira à quelque chose ?

Je reste stupéfaite.

— Tu sais ?

— Depuis longtemps. Depuis plus de six mois.

— Qui te l'a dit ?

— Il se fait que je suis sorti pendant quelques semaines avec une fille qui est infirmière à Broussais. Elle m'a demandé si j'étais ton frère. Elle avait un petit air mystérieux qui m'a mis la puce à l'oreille et je l'ai bombardée de questions jusqu'à ce qu'elle me dise la vérité.

— Comment s'appelle-t-elle ?

— Valérie Saint. Elle est en cardiologie. Son patron et le tien sont de grands amis et travaillent parfois ensemble.

— Je sais.

— Tu comprends pourquoi je m'attendais à ce que tu le défendes.

Il parle de notre père. Je ne sais plus que dire. Je ne sais même plus que penser.

— Je t'assure, Olivier, que ce n'est pas la même chose.

— Mais si !

— Comment peux-tu dire ça ?

— Tu oublies que, pour lui, tu as lâché un jeune interne dont j'ai oublié le nom.

Il est même au courant de ma liaison avec Ropart.

— Tous ces vieux sont des saligauds et les filles qui leur courent après sont des putains.

— Olivier !

— Eh bien, quoi, Olivier ?

Je me mets à pleurer, malgré moi. La dernière fois que mon frère m'a vue pleurer, j'étais encore une petite fille. Cela le trouble. Il murmure :

— Je te demande pardon.

Il va et vient à travers la chambre, les mains derrière le dos, et dans son bureau, juste en dessous de nous, notre père doit entendre le bruit de ses pas, l'écho de notre conversation animée.

Olivier ajoute :

— Tu es libre. Tu fais ta vie comme il te plaît.

— Essaie au moins que maman reste en dehors de tout ça.

— Si tu crois qu'elle n'en sait pas autant que toi !

— Qu'est-ce qui te le fait croire ?

— Tu t'imagines que père a pu quitter son lit et monter au second, pour nous écouter à travers la porte, sans qu'elle s'en aperçoive ? Et, ce soir, elle a beau être saoule, elle a bien vu à sa tête qu'il ne revenait pas de son bureau. L'imbécile ne s'est même pas méfié du parfum.

— Comment se fait-il qu'elle n'ait rien dit ?

— Elle ne dit jamais rien. Elle enregistre. Elle attend son heure.

— Tu crois qu'elle voudra divorcer ?

— Non.

— Que pourrait-elle faire d'autre ?

— Mettre Manuela à la porte, pour commencer, et alors je trouverai bien l'argent pour la suivre, même si je suis obligé de le voler.

Je m'essuie les yeux. J'ai le sang à la tête et je vais ouvrir la fenêtre pour me rafraîchir.

— Enfin, tu sais, maintenant… Ne t'inquiète surtout pas pour moi… Je ne suis plus un gamin…

Il a juste dix-neuf ans. Il est vrai que je n'en ai moi-même que vingt et un.

— Bonsoir, Olivier.

— Bonsoir, Laure. Essaie de dormir. Prends un somnifère.

— Merci. Toi aussi.

J'ai l'impression qu'il hésite à me quitter, qu'il y a tout à coup entre nous un lien nouveau. Il finit par ouvrir la porte et par monter dans son grenier transformé en laboratoire.

Je n'ai pas le courage de redescendre et de trouver ma mère seule devant la télévision. Ce soir, je ne veux plus les voir. J'ai fait de mon mieux. Je n'y peux rien si je n'ai pas réussi.

Je prends un comprimé, puis un second, pour être sûre de dormir. Après ma toilette de nuit, je me couche et j'éteins.

J'ai dû dormir un bon moment, deux ou trois heures, peut-être davantage, et je suis éveillée par des voix joyeuses qui viennent de la grille. Les jeunes gens qui plaisantent à voix très haute parlent l'espagnol.

Manuela n'est pas rentrée par le dernier autobus. Ce n'est pas la première fois que cela arrive. Elle a trouvé des compagnons pour la ramener et ils paraissent très gais, probablement éméchés.

Elle est déjà au bas des marches de l'entrée qu'ils lui crient encore des plaisanteries avant de remettre bruyamment la voiture en marche.

Est-ce que mon frère est descendu ? J'allume un instant afin de voir l'heure. Il est deux heures vingt-cinq.

J'essaie de me rendormir mais, malgré moi, je tends l'oreille. Dans la chambre de Manuela, j'entends les pas de deux personnes et bientôt je reconnais la voix d'Olivier qui crie littéralement. Une chaise tombe sur le plancher. Quelqu'un se jette et tombe lourdement sur le lit de fer.

Il est impossible que mes parents n'entendent pas. Est-ce que mon père va oser se lever et monter pour intervenir ? Manuela a poussé un cri, un seul. Mon frère continue à la couvrir d'injures, puis soudain sa voix se casse. On dirait qu'il lui demande pardon, qu'il la supplie.

Alors, elle lui parle d'une voix douce, plaintive, et, sans m'en rendre compte, je finis par me rendormir.

3

Je m'attendais à une catastrophe, je ne sais pas laquelle. Peut-être le départ dramatique d'Olivier, qui n'a aucun métier et qui, livré à lui-même, ne continuerait certainement pas ses études.

Je n'ai pas pensé un moment que mon père et Manuela pourraient quitter ensemble la maison et je suis persuadée que c'est aussi l'opinion de ma mère.

Il me paraît impossible, en tout cas, que la situation continue à se tendre sans qu'un déchirement se produise.

Le jeudi matin, Olivier descend du second étage sans essayer de se cacher. Au contraire, il s'arrête pour allumer une cigarette, prend son temps, comme s'il voulait affirmer de la sorte des droits acquis.

Il est rasé, tout habillé. Il a évidemment passé la nuit dans la chambre de bonne et il a pris son bain dans la baignoire de Manuela.

Il paraît las, mais calme, peut-être trop. Mon père est encore à table quand Olivier entre dans la salle à manger et les deux hommes ne se disent pas bonjour, feignant de s'ignorer.

Est-ce que mon frère le fait exprès, quand l'Espagnole lui apporte son café et ses œufs, de lui tapoter la croupe d'un geste de propriétaire ?

Ma mère est à bout. Le tremblement de ses mains devient pénible à voir et elle a des tics involontaires, le raidissement subit d'un ou l'autre muscle du visage qui la défigure un instant et donne la mesure de son intoxication.

Elle ne mange presque plus et chaque jour elle vomit. Une fois cela lui est arrivé dans l'escalier sans qu'elle ait le temps d'atteindre la salle de bains.

Théoriquement, cela devrait être la fin de la neuvaine, mais rien ne permet de penser qu'elle a diminué sa consommation d'alcool. Au contraire. On la voit ricaner toute seule, parfois en nous regardant. Elle a l'air de dire :

— Vous avez l'air malins, tous les trois ! Vous vous figurez que je ne sais rien alors qu'en réalité j'en sais plus que vous tous...

J'ignore quand elle a commencé à boire. Je n'ai jamais osé questionner mon père sur ce sujet, qui est plus ou moins tabou dans la maison. J'ai essayé souvent de me souvenir d'elle pendant mon enfance. Je la revois l'air mélancolique, souvent triste, accablé. Je lui demandais :

— Tu pleures, maman ?

— Ne fais pas attention. Les grandes personnes ont des chagrins que les enfants ne doivent pas connaître.

Je suppose que, quand elle était ainsi, elle faisait déjà une de ses neuvaines ? C'était plus rare, à l'époque. On voyait encore son frère, ses sœurs, ses beaux-frères. Des cousins et des cousines venaient le dimanche et nous jouions dans le jardin.

L'après-midi, nous marchions devant les grandes personnes et nous faisions ainsi le tour des étangs. Quel âge avais-je ? Cinq ans ? Au moins, car mon frère marchait déjà.

Cela a duré deux ou trois ans. Puis ma mère s'est disputée avec une de ses sœurs, celle qui habite rue d'Alésia et qui a épousé un transporteur.

Ensuite, cela a été le tour de son frère.

Iris, elle, ma seule tante célibataire, nous apportait toujours des bonbons et elle s'entendait bien avec mon père.

De temps en temps, on appelait le docteur Ledoux, qui habite Givry. C'est encore notre médecin de famille et, bien qu'il ait les cheveux gris, je ne me rends pas compte qu'il a vieilli.

Il y a deux ans, ma mère a fait une neuvaine particulièrement mauvaise qui s'est terminée par un évanouissement prolongé. C'est à peine si elle avait quarante-huit pulsations à la minute et ses lèvres étaient décolorées. Le docteur est accouru tout de suite et lui a fait une piqûre avant même que mon père et lui la transportent dans son lit.

Je les ai suivis. C'était la première fois que j'assistais à un échange de vues des deux hommes sur ce sujet.

— Je reviendrai la voir demain. Elle va dormir profondément.

— Il n'y a aucun danger ?

— Pas pour le moment.

— Et par la suite ?

— Si elle se met à boire de plus en plus souvent, et toujours de plus fortes quantités...

— Il n'y a rien à faire ?

— Théoriquement, si. Je pourrais l'envoyer dans une clinique pour une cure de sommeil. Cela dure environ un mois. A la suite de quoi elle restera quelques semaines ou quelques mois sans boire. Mais il y a quatre-vingt-dix-neuf chances sur cent pour qu'elle recommence.

» Ce qu'il faudrait, c'est connaître la cause exacte de son comportement...

Je revois mon père disant gravement :

— Dès son enfance, son frère et ses sœurs lui ont répété qu'elle était laide et qu'elle ne trouverait jamais un mari.

— Vous voyez bien qu'elle en a trouvé un.

Il m'a semblé voir sur le visage de mon père un sourire assez amer.

— Elle a toujours été repliée sur elle-même. A cause de son physique, elle ne fréquentait pas les filles et les garçons de son âge.

— Elle buvait, quand vous l'avez épousée ?

— Je ne pourrais pas l'affirmer. Si elle buvait déjà, c'était avec assez de modération pour que je ne m'en aperçoive pas. Au début, elle ne voulait pas de bonne et s'obstinait à tout faire dans la maison. Je suppose que le mariage l'a déçue.

— Mais les enfants...

— Elle a été une excellente mère tant qu'ils étaient petits et qu'ils dépendaient d'elle. Ensuite, elle a acquis une certaine indifférence. Je ne prétendrais pas qu'elle s'en est désintéressée, mais...

Mon père esquissait un geste vague au lieu de terminer sa phrase. C'était la première fois qu'on me traitait en grande personne en me permettant d'assister à cet entretien et c'est sans doute ce jour-là que je me suis sentie le plus proche de mon père.

— Elle a honte. Après deux ou trois jours de lit, où elle ne se nourrit que de bouillons de légumes, on la voit rôder timidement dans la maison, comme immatérielle. Son visage prend une expression mélancolique et résignée.

» Elle s'en tient à la légende qu'elle a créée :

» — Pourquoi faut-il que j'aie encore tant souffert de mes migraines ?

Elle s'use, le docteur Ledoux nous a prévenus. Elle vieillit vite et il lui arrive comme à mon père de porter la main à sa poitrine.

Souvent, elle m'irrite. Je lui en veux de ne pas m'avoir donné une enfance comme les autres et, maintenant encore, de mettre sans cesse en jeu l'harmonie de la famille. Belle harmonie ! Et quelle famille ? Chacun tire à hue et à dia. Les deux hommes ne se parlent plus, ne se regardent même plus. Ils s'ignorent.

J'ai quand même pitié de ma mère. Je la plains. Je me rends confusément compte qu'elle n'est pas responsable et qu'elle souffre plus que nous.

La dernière fois qu'il a été appelé, le docteur Ledoux a conseillé à tout hasard de la faire examiner par un psychiatre.

— C'est une chance à tenter. Mais, quand elle entendra ce mot-là, elle va probablement se raidir et prétendre qu'elle n'est pas folle. Dans le sens large du mot, c'est vrai. Néanmoins... Ce n'est pas ma spécialité...

— Qu'est-ce que vous me conseillez de faire ?

— Je ne sais pas, je l'avoue franchement. Le remède pourrait être pire que le mal. Un psychiatre voudra l'avoir sous observation en clinique...

— Elle ne le supporterait pas.

— Tant que la famille tient le coup...

Le jeudi se passe. Le soir, je trouve un reste de gâteau au moka dans la cuisine. Je sais tout de suite que c'est ma tante Blandine qui est venue dire bonjour à ma mère, car elle apporte invariablement un gâteau au moka.

Il n'y a plus de mésentente ouverte entre ma mère et ses sœurs, même si elles se voient rarement. Elles auraient plutôt tendance, maintenant, à mettre les torts sur le compte de mon père.

« Un homme renfermé, hautain, qui ne pense qu'à son métier et qui n'a jamais eu un mot tendre pour sa femme. »

Est-ce qu'il lui arrive, comme aux autres maris, d'aller au théâtre, de dîner avec elle au restaurant ? L'emmène-t-il parfois faire un voyage ?

Elle est la seule de ses sœurs à n'être pas sortie de France, à ne connaître ni l'Italie ni l'Espagne. C'est à peine si nous avons passé une seule fois des vacances sur la Côte d'Azur.

Elles ne se cachent pas pour parler devant moi. C'est le frère, Fabien, le plus sévère. Il voudrait qu'on le considère comme le défenseur de la famille.

— Je ne comprends pas que tu t'obstines à vivre avec un homme comme lui. Je n'ai pas compris, d'ailleurs, que tu l'épouses, mais à ce moment-là notre père vivait encore et cela ne me regardait pas…

Ma mère soupire. Elle s'est habituée petit à petit à son rôle de victime. Je me demande parfois si elle n'y a pas pris goût.

Ma tante Blandine, elle, est une femme forte, à la voix vibrante, aux gestes presque masculins. Quand elle a épousé Buffin, c'était une bonne brute qui venait d'acheter son troisième camion et qui en conduisait un lui-même.

A présent, il en possède une vingtaine, dont quelques-uns assurent un service quotidien avec Lyon et Marseille, sans compter quatre ou cinq voitures de déménagement qui portent son nom en grosses lettres noires sur fond jaune.

Elle est devenue aussi vulgaire qu'Arthur, car son mari s'appelle Arthur et il est assez mal embouché. Un des fils travaille déjà dans l'affaire tandis que l'autre, qui est paraît-il très brillant, poursuit ses études de médecine avant d'aller faire un stage, l'an prochain, aux États-Unis…

J'ai encore connu le général Picot, un homme grand et maigre que je trouvais très élégant, très racé. Sa femme, elle aussi, est ce que l'on appelle une femme distinguée et, depuis six ans qu'elle est veuve, elle vit seule dans un petit appartement de Versailles, à moins de deux cents mètres de chez son fils.

Pendant vingt ans, le général a traîné sa famille de ville en ville, selon les garnisons auxquelles il était affecté. Frère et sœurs sont maintenant dispersés et nous vivons, nous, dans cette obscure maison des

Glaïeuls parce qu'un oncle de mon père s'est mis en tête de la lui laisser par testament.

Quelquefois, c'est à la maison que j'en veux, mettant les humeurs de ma mère sur le compte de l'atmosphère dans laquelle elle vit toute la journée.

Rien que l'odeur d'humidité, la vue des arbres qui s'égouttent, surtout des deux gros sapins, ont quelque chose de déprimant.

Le vendredi arrive et je suis surprise qu'il ne se passe rien. Le jeudi, le professeur m'a encore retenue, mais il était distrait car il a hâte de connaître les résultats d'une expérience en cours. Il a inoculé plusieurs animaux, des souris et deux chiens, qu'il surveille chaque jour dans le plus petit des laboratoires, tout au fond.

Les laborantines s'y relaient jour et nuit, notant heure par heure le comportement des bêtes, notant leur température et leur tension.

Pour les analyses sanguines, il ne fait confiance à personne et il y procède lui-même. Je ne sais pas au juste ce qu'il cherche. Il n'en parle pas, mais on devine à sa nervosité, à certains éclats dans son regard que, si tout se passe d'une façon satisfaisante, il aura fait une importante découverte.

Le vendredi midi, Gilles Ropart s'assied à côté de moi au réfectoire. Nous sommes restés en très bons termes, lui et moi. Je suppose qu'il garde, comme moi-même, un agréable souvenir de notre période d'intimité.

— J'ai une grande nouvelle à vous annoncer, Laure.

Devant les gens, il m'a toujours vouvoyée, et maintenant il n'a plus l'occasion de me dire tu.

— Vous vous mariez ?

— Exactement. Enfin, depuis hier, je suis fiancé.

— Quelqu'un de Broussais ?

— Non, quelqu'un de totalement étranger à la médecine.

— Je la connais ?

— Non. Son père est architecte et elle suit les cours des Beaux-Arts.

— Vous la connaissez depuis longtemps ?

— Six semaines. Le coup de foudre, quoi !

Il se moque de lui-même. C'est un drôle de garçon, très gai, qui a un énorme sens de l'humour.

— Un de ces jours, je vous la présenterai.

— Vous lui avez parlé de nous ?

— Je n'ai pas mis les points sur les *i*, mais elle se doute que je ne suis pas vierge.

Il rit, me regarde dans les yeux, un peu rêveur.

— Et vous ?

— Quoi, moi ?

— Toujours le grand amour, la dévotion totale ?

— C'est ridicule ?

— Non. C'est probablement très beau. En tout cas, il a de la chance. Je me demande seulement ce qui se passera dans dix ans, dans vingt ans.

— J'ai une tante qui vit seule depuis plus de dix ans et qui n'est pas malheureuse.

— Vous savez que j'ai failli vous demander de m'épouser ?

— Pourquoi ne l'avez-vous pas fait ?

— Parce que j'étais sûr que vous diriez non. C'est vrai ?

— C'est vrai.

— Pourquoi ?

— Je ne sais pas. Peut-être parce que je suis comme les bonnes sœurs qui ont besoin de se sacrifier.

— En somme, il vous fallait un dieu.

— Si vous voulez.

Cela me paraît drôle que la vie, que des milliers, des millions de vies continuent leur petit bonhomme de chemin en dehors de l'ambiance dramatique des Glaïeuls.

J'ai toujours été impressionnée, dans la rue, en croisant des passants, de penser que chacun est le centre d'un univers et que ses préoccupations l'emportent sur tout ce qui se passe dans le monde.

Je suis comme les autres, à penser à ma mère, à mon père, à Olivier. Je pense aussi à moi, au moment où je pourrai avoir en ville un petit logement. Je me vois fort bien l'entretenir, le soir ou tôt le matin. Je ne crois pas que je souffrirai de ma solitude mais, au contraire, que ce sera pour moi un soulagement.

Quand je pousse mon rêve jusqu'au bout, je vois Stéphane venant parfois, le soir, s'asseoir dans un fauteuil et bavarder avec moi en fumant des cigarettes. Car il fume du matin au soir et il a les doigts brunis par la nicotine. Comme ses mains sont souvent occupées, il garde sa cigarette collée aux lèvres et on retrouve des cendres partout, y compris sur le pelage de nos animaux.

Il y a du soleil, mais il fait assez froid. Je pense à ma mère qui mange seule dans la salle à manger de la villa. Elles ne sont que deux femmes dans la maison et elles se détestent. Ce n'est peut-être pas exact. Il est certain que ma mère éprouve une véritable haine pour l'Espagnole qui lui prend à la fois son mari et son fils.

Mais Manuela ? Elle continue à aller et venir d'un étage à l'autre en fredonnant des chansons de son pays, une en particulier, une sorte de cantique ou de complainte interminable dont j'ai fini par apprendre des bribes sans le vouloir.

> *La Virgen sesta la bando*
> *entre cortine y cortina*
> *los Cabellos son de oro*
> *los peines de plata fina*
> *pero mira como beben*
> *pero*

Un trou dans ma mémoire. J'ai l'impression que j'ai interverti des mots. Cela n'a aucune importance puisque je ne comprends pas, sinon peut-être le dernier vers :

> *por bes a Dios nacido* [1]

Je suppose que cela signifie : Parce qu'un Dieu est né. Dans la bouche de Manuela, cela devient une chanson d'amour. On pourrait croire que, comme la plupart des gens, elle ne se met à sourire que quand on la regarde. Or, je l'ai surprise souvent alors qu'elle ne m'avait pas entendue venir et je lui ai toujours trouvé la même expression de contentement.

---

1. Les véritables paroles de cette chanson sont : « La virgen se está peinando / entre cortina y cortina, / los cabellos son de oro, / los peines de plata fina, / pero mira como beben [...] por ver al dios nacido. » *(N.d.É.)*

Pour elle, la vie est belle. Tout est beau. Tout est bon. Elle fait joyeusement l'amour avec mon frère chaque fois qu'il va la trouver dans sa chambre. Elle a fait l'amour avec mon père aussi, j'en suis sûre, simplement parce qu'il lui a remis un billet lui donnant rendez-vous à une sortie de métro.

Elle doit avoir d'autres amants, chez *Hernandez* où elle va danser chaque semaine.

Moi aussi, j'en ai eu plusieurs, mais je n'étais pas nécessairement gaie. Au contraire. J'étais lucide : je savais que je n'étais pas amoureuse mais que je voulais me prouver à moi-même que je pouvais intéresser les hommes. C'était la période où je me trouvais gauche et laide.

Gilles Ropart a été le dernier de cette série-là et je crois qu'il a compris, car il s'est toujours montré tendre à mon égard.

Maintenant, je ne me demande plus si je suis laide ou non. D'ailleurs, je ne suis pas vraiment laide. Est-ce que j'ai même ce qu'on appelle un physique ingrat ?

Certes, mon visage n'est pas particulièrement plaisant et je m'habille mal. C'est encore en uniforme que je suis à mon avantage, surtout l'été, quand je ne porte presque rien sous le nylon blanc.

Ce que j'ai de mieux, c'est mon corps, mes seins en particulier, et la plupart des hommes avec qui j'ai couché ont été surpris en me voyant nue.

Est-ce que ma mère a eu un beau corps, elle aussi ? Il n'en reste rien. Elle est si maigre qu'on lui voit tous les os et elle commence à se voûter, elle marche les épaules rentrées, comme si elle avait peur des coups.

Je pense trop à ma mère. J'ai l'impression que je la juge avec objectivité et en même temps je sens des liens subtils entre nous. Par exemple, je me dis que j'aurais pu être comme elle. Si je m'étais mariée, je ne crois pas que j'aurais été capable de me fondre dans la vie à deux.

J'aime les enfants. Parfois, en me disant que je n'en aurai pas, il me vient une certaine mélancolie. Mais, en réalité, je n'aurais pas la patience nécessaire.

Même un enfant de Shimek. J'y ai pensé. J'ai failli lui demander de m'en faire un. Ce serait un tort. Je ne peux me vouer qu'à une seule personne et je me suis vouée à lui une fois pour toutes.

Je n'ai même pas peur qu'il m'abandonne et ce n'est pas parce que j'ai de moi une trop haute idée. Je ne suis qu'une petite part de sa vie, une distraction au milieu de ses préoccupations, mais justement c'est une distraction nécessaire.

Parfois, il me caresse les cheveux avec un drôle de sourire.

— Mon petit animal...

Et je crois comprendre ce qu'il veut dire. Je ne tiens pas de place. On me voit à peine. Je ne demande rien. Mais je suis toujours là, toujours prête. Il le sait et s'efforce de comprendre mon sentiment.

Il n'est pas question de couple. Il est très au-dessus de moi, si haut que je ne le discute pas, que je n'essaie pas de le comprendre.

Il est. Cela suffit. Et s'il lui prenait la fantaisie de faire l'amour avec d'autres laborantines, je ne lui en voudrais pas, j'en serais presque heureuse, pour lui, à condition qu'il me revienne.

Les religieuses discutent-elles du Bon Dieu et sont-elles jalouses des autres fidèles ?

Si je parlais ainsi à quelqu'un, on me prendrait sans doute pour une exaltée, une sorte d'hystérique, alors qu'à mes yeux c'est tout simple et tout naturel. Il n'y a guère que le brave Ropart à avoir compris.

Il est rare que je pense aussi longtemps à moi. Ce n'est pas du narcissisme. Je suis malgré tout une Le Cloanec et ce qui se passe depuis une semaine à la maison m'affecte autant que les autres. Je cherche à me situer vis-à-vis d'eux, à déterminer quelles influences j'ai subies.

J'ai repris mon travail au laboratoire. Le soleil pénètre par les larges baies et la plupart des animaux, dans les cages, sont somnolents.

Le professeur a passé une bonne partie de l'après-midi dans son bureau, à dicter du courrier et des notes à sa secrétaire. Il est plus de cinq heures quand il apparaît dans les laboratoires et il se dirige vers celui qui l'intéresse le plus en ce moment, le petit, tout au fond.

Il me fait signe de le suivre, ainsi qu'à une de mes collègues qui a particulièrement le tour avec les chiens.

— Sortez Joseph.

C'est un chien roux sans race, qui est ici depuis plus de six mois et qu'on a appelé ainsi parce qu'il ressemble à un des concierges.

L'animal est maintenu sur une des tables et il en a tellement l'habitude qu'il ne bronche plus, se contente de nous regarder tour à tour comme s'il se demandait ce qu'on lui veut encore.

Shimek porte à ses oreilles les deux branches de son stéthoscope et commence à ausculter l'animal quand la porte s'ouvre et quand paraît une femme d'âge, très grosse, qui travaille à la réception.

— C'est un policier qui insiste, monsieur…

Il ne répond pas, n'écoute pas, se contente de pousser un grognement, toujours penché sur Joseph. Je vois, dans l'encadrement de la porte, un grand agent en uniforme qui paraît mal à l'aise et qui est très rouge. C'est un gradé, car il a plusieurs galons argentés.

Le professeur ne se retourne pas, prend son temps, finit par grommeler, toujours occupé par le chien :

— Encore une contravention ?

— Non, monsieur le professeur. Je voudrais avoir un moment d'entretien avec vous…

— Eh bien, parlez.

— Je pense qu'il vaudrait mieux…

— Ce sont ces demoiselles qui vous gênent ? Ne craignez rien. Elles en ont entendu d'autres…

— Il s'agit de Mme Shimek…

— Qu'est-il arrivé à ma femme ?

Cette fois, il abandonne le chien entre nos mains et regarde vivement l'homme qu'il s'étonne de voir en uniforme.

— Un accident de la circulation, monsieur…

— Comment est-elle ?

— Grièvement blessée… On l'a transportée à Laennec…

Le sentiment qui domine chez le professeur est la stupeur. Au point que son premier réflexe est l'incrédulité.

— Vous êtes sûr qu'il s'agit de ma femme ? Il peut y avoir d'autres Shimek à Paris...

— Vous habitez bien place Denfert-Rochereau ?

Alors, des gouttes de sueur giclent littéralement de son front. Il ne regarde plus personne, sinon ce policier qui ose à peine parler.

— Qu'est-ce qui est arrivé ?

— Elle était dans un taxi, boulevard Saint-Michel. Je suppose qu'elle revenait de la rive droite... Tout à coup un lourd camion arrivant en sens inverse a foncé vers le côté gauche du boulevard... On ne sait pas encore si le conducteur, pour une raison quelconque, a perdu la maîtrise de son véhicule ou s'il a été victime d'un malaise... Il n'est pas en état de parler...

— Ma femme... s'impatiente le professeur.

— Le chauffeur de taxi a été tué sur le coup et votre femme, grièvement blessée, a été conduite à Laennec... J'ai été chargé de vous avertir...

Shimek s'éponge, tend la main vers un appareil téléphonique.

— Passez-moi la permanence à Laennec, mademoiselle... Le professeur Shimek, oui... Faites vite...

Nous n'existons plus. Rien n'existe plus pour lui que ce téléphone par l'intermédiaire duquel il va connaître le sort de sa femme. Elle a les yeux d'un bleu très clair, le visage large des Slaves, un bon sourire de femme maternelle. Je pense à la photo avec sa fille sur le bureau du patron.

— Allô !... L'interne de service ?... Ici, Shimek, à Broussais... J'apprends qu'on vous a amené ma femme, il y a quelques minutes...

Il regarde l'appareil avec une sorte de méfiance.

— Dites-moi quel est son état...

Le policier se détourne.

— Comment ?... Avant...

Il répète, incrédule :

— Avant... avant d'arriver ?

Ses traits se brouillent. Je me détourne, moi aussi, parce que, sans le savoir, il pleure, tout le visage déformé par une grimace.

— Oui... Oui... Je comprends... Je viens... Je viens tout de suite...

Il traverse à grands pas les laboratoires sans s'occuper de personne, sans essayer de cacher ses larmes.

— Je n'osais pas le lui dire tout de suite, murmure le policier. Je voulais le préparer.

Je ne pleure pas, mais la tête me tourne et je me précipite aux toilettes ou je me passe sur le front une serviette imbibée d'eau froide. Je voudrais...

Bien sûr, je voudrais être avec lui, lui tenir la main pour lui donner du courage. Tout à coup, je ne sers plus à rien, et qui sait s'il ne va pas m'en vouloir ?

Sa femme morte, il pourrait avoir des remords à cause de nos relations. Je pense à leur fille Marthe qui n'a que quatorze ans et qui reste si fraîche, si enfant, sans une trace de poudre ou de rouge comme la plupart des filles.

Je ne suis allée qu'une fois chez eux, par hasard, quand le professeur a eu la grippe et qu'il a passé trois jours au lit. Le docteur Bertrand, son premier assistant, m'avait remis un rapport à lui porter et je devais attendre une réponse.

L'immeuble est spacieux et clair. Au troisième étage, j'ai tiré un bouton de cuivre bien astiqué et une forte femme en tablier est venue m'ouvrir. Il y avait des skis dans l'entrée, car on était en hiver. Je ne sais pas si le professeur fait du ski mais sa femme et sa fille en faisaient certainement. Je me souviens d'ailleurs qu'elles allaient en Suisse chaque hiver et qu'il les rejoignait pour quelques jours.

L'appartement semble coupé en deux par un large couloir, plus large que les couloirs de Broussais, et des deux côtés des livres, jusqu'au plafond, remplissent les rayonnages. Ce ne sont pas les beaux volumes reliés qu'on trouve dans les bibliothèques mais des livres de toutes sortes, certains très fatigués. Dans une pièce, au fond, un phonographe tournait.

J'ai envié ceux qui habitaient cet appartement très aéré, très clair. La plupart des portes étaient ouvertes. Il n'y avait rien de guindé, encore moins d'étouffant, comme chez nous. La vie pouvait couler sans entraves, sans que personne ait besoin de marcher sur la pointe des pieds.

J'ai dû attendre assez longtemps, à écouter la musique. Mme Shimek a traversé le couloir, à une certaine distance de moi, pour entrer dans une autre pièce, celle où l'on faisait de la musique, et j'ai entendu des voix, l'une plus aiguë que l'autre, toutes les deux enjouées.

On m'a apporté la réponse et je suis redescendue. Je n'ai pas eu d'autre occasion d'aller place Denfert-Rochereau.

— Tu ferais mieux de rentrer chez toi.

— Pourquoi ?

— Tu es exsangue. Arrête-toi d'abord dans un bar et avale un verre de cognac.

C'est Anne Blanchet, une grande fille sympathique avec qui, pourtant, j'ai assez peu de rapports.

— N'attends pas de t'évanouir. Va ! Je dirai au docteur Bertrand que tu t'es sentie mal.

C'est vrai. Je suis prise de vertige et j'ai les jambes molles. Je me débarrasse de ma blouse et je descends sans attendre l'ascenseur. Il y a, presque en face, un restaurant avec bar. Je n'y trouve qu'un garçon qui met les couverts sur les tables. Il me crie :

— Qu'est-ce que c'est ?

— Je voudrais un cognac.

Il abandonne son travail à regret, regarde l'heure, puis les bouteilles rangées devant le miroir.

— Le barman n'arrive qu'à six heures et je ne sais pas trop…

Il saisit une bouteille dont il me montre l'étiquette.

— Celui-ci vous conviendra ?

Je fais signe que oui. J'imagine Shimek à Laennec, rue de Sèvres, devant le corps probablement mutilé de sa femme. Sans doute ne pleure-t-il plus. C'est le choc, tout à l'heure, qui lui a donné cette réaction. On vient de l'amputer d'une bonne partie de sa vie car il était déjà marié quand je suis née. Sa femme était réfugiée à Paris, elle aussi, où elle était étudiante.

Quand ils se sont connus, elle a quitté l'université et il m'a raconté qu'ils vivaient dans une seule chambre de Saint-Germain-des-Prés. Il a ajouté avec nostalgie qu'ils étaient très pauvres, qu'ils se contentaient souvent d'un bout de fromage et de pain.

— Je parlais très mal le français. Ma femme aussi. Alors, les gens se moquaient de nous. Pas méchamment ; ils riaient comme si nous étions très comiques…

Je suppose que Marthe, leur fille, est au lycée. A quelle heure va-t-elle en sortir ? Qui lui annoncera la nouvelle ?

On va conduire le corps dans l'appartement, l'installer provisoirement dans la chambre à coucher principale ? Je ne sais pas au juste comment cela se passe et je suis très impressionnée. Je voudrais tant être à ses côtés et partager ses émotions !

— Remettez-m'en un…

Le garçon me regarde avec une certaine surprise.

— Cela fera huit francs. En tout cas, c'est le prix qui est inscrit sur la liste du barman.

Je bois presque d'un trait et je sors. Je n'ai pas envie de rentrer tout de suite à la maison où je me trouverais seule en face de ma mère. Je préfère marcher, dans le soir qui tombe. Les réverbères sont allumés, les vitrines des magasins aussi. Je finis par me retrouver avenue du Général-Leclerc sans savoir par quelles rues je suis passée.

— On cherche quelqu'un, ma jolie ?

Je tourne le dos à l'homme qui a marqué un temps d'arrêt pour me lancer cette phrase.

Je vois la porte d'un petit hôtel coincée entre les étalages de deux magasins. *Hôtel Moderne*. Il est miteux. Une plaque d'émail annonce : *Chambres au mois, à la semaine et à la journée*. La porte est ouverte et le corridor qui conduit au bureau mal éclairé.

Le professeur doit tenir sa fille dans ses bras car il n'a plus qu'elle et elle n'a plus que lui. Leur vie ne va-t-elle pas s'en trouver compliquée ?

Je rougis soudain. Des gens sont capables de penser que j'espère... Mais non ! L'idée ne m'est jamais venue, quoi qu'il arrive...

Je suis lasse. Je m'assieds dans un café. Quand je rentre enfin à la maison, le vélomoteur de mon père m'indique qu'il est arrivé. Je ne serai pas seule en face de maman.

Je le trouve au salon, occupé à lire son journal, et je ne peux m'empêcher de lui annoncer :

— La femme de mon patron a été victime d'un accident cet après-midi, boulevard Saint-Michel. Elle est morte pendant qu'on la conduisait à l'hôpital...

Il me regarde avec l'air de réfléchir. Il est très loin de Shimek, qu'il n'a jamais vu et dont je parle rarement, aussi loin que je le suis de ses collaborateurs dont j'ignore même les noms.

— Elle était jeune ? questionne-t-il enfin.

— Une cinquantaine d'années, je suppose. Peut-être moins. Je ne sais pas. Je ne l'ai aperçue que de loin...

Il se replonge dans son journal. Ma mère est en haut. Elle a dû passer une partie de la journée dans son lit et je n'ai besoin que d'un coup d'œil, quand elle descend, pour constater qu'elle a beaucoup bu.

Mon frère ne rentre pas pour dîner. Nous ne sommes que trois à table et j'essaie en vain d'amorcer un semblant de conversation. Personne ne m'écoute. Je me tais. Je pense à l'appartement de la place Denfert-Rochereau où je me trouve en pensée.

Se sont-ils mis à table aussi, le père et la fille ? Ils ne peuvent pas rester sans cesse au chevet de la morte. Demain, je suppose que les gens des pompes funèbres viendront installer les tentures noires à larmes d'argent dans la pièce ?

Je n'ai pas l'habitude de la mort. Je n'ai guère connu que celle de mon grand-père le général et j'étais trop jeune pour faire attention aux détails. Je me souviens surtout des cierges, de la branche de buis avec laquelle les gens faisaient mine de l'asperger d'eau bénite.

Car mon grand-père, même s'il était réellement franc-maçon, a eu des obsèques religieuses. Je me rappelle vaguement les discussions à ce sujet. Mon oncle Fabien insistait pour une messe et une absoute, prétendant que des obsèques civiles risquaient de nous faire du tort à tous. Surtout à lui, je suppose, car le chocolat Poulard a pour slogan : *Le chocolat de la famille.*

Ma mère monte se coucher plus tôt que d'habitude car, assez vite après le dîner, elle devient somnolente. Quant à mon père, qui la suit de près, je le soupçonne de monter de bonne heure pour éviter de se trouver seul en bas avec son fils.

Olivier rentre vers onze heures alors que je suis encore en bas, à lire un livre en anglais auquel je ne prête guère d'attention.

— Ils sont tous les deux en haut ?

— Oui.

— J'aime autant les voir le moins possible. Si je le pouvais, ils ne me reverraient plus. Comment est Manuela ?

— Comme d'habitude.

— Il n'y a pas eu d'accrochage ?

— Pas depuis que je suis ici.

— Qu'est-ce que tu as ? On dirait que tu as pleuré.

— La femme de mon patron est morte.

— Elle était malade ?

— Un accident, boulevard Saint-Michel.

— Jeune ?

Pour lui, cinquante ans, c'est déjà très vieux. Après un moment de silence, il a un mot cynique :

— Au fait, vous n'aurez plus besoin de vous cacher.

Je crains, au contraire, que mon petit bonheur ne soit sérieusement menacé. Je tenais une modeste place en marge de sa vie familiale, en marge de sa vie professionnelle aussi dont pourtant je faisais un peu partie.

Mais à présent ? Il y a sa fille, à qui il va consacrer beaucoup plus de temps.

Je monte me coucher et pleure dans mon lit tandis que très ouvertement, bruyamment, mon frère monte au second étage.

Le professeur n'est pas venu à Broussais pendant la journée de dimanche, qui est mon dimanche de garde, ne faisant que passer vers dix heures du soir pour examiner ses animaux.

Le lundi, on me regarde plus curieusement que d'habitude et cela m'exaspère. J'ai quitté la maison de bonne heure et j'ai fait un détour pour passer par la place Denfert-Rochereau. Les volets de deux fenêtres, celles de gauche, au troisième étage, sont clos. C'est sans doute la chambre qu'on a aménagée en chapelle ardente. Est-ce qu'on y a aussi installé deux prie-Dieu, comme pour mon grand-père ?

Je me suis dirigée directement vers le petit laboratoire où Shimek poursuit ses recherches personnelles. Le brave Joseph est sur ses pattes et n'a pas l'air de souffrir. Il gratte même le grillage pour qu'on s'occupe de lui.

Je soigne les bêtes, comme d'habitude. A dix heures, j'entends des pas dans les grands laboratoires et je ne tarde pas à voir arriver le professeur qui ne fait pas tout de suite attention à moi. Son premier coup d'œil est pour les animaux.

On dirait qu'il a maigri, tant ses traits sont tirés, ses yeux las.

— Comment se fait-il que vous soyez ici ?

— Nous sommes lundi, monsieur.

Il hausse les épaules avec agacement, appelle les deux laborantines.

— Voulez-vous venir, mesdemoiselles.

A moi, il ne dit ni de rester ni de partir et je reste comme clouée au sol.

— Installez-moi Joseph sur la table.

Cela me rappelle l'arrivée du policier, quand il auscultait le chien roux comme il le fait aujourd'hui.

— Notez : aucun râle, pouls régulier, respiration normale…

Le regard vague, il caresse un instant la tête de la bête.

— Rien à me signaler ?

— Un rat est mort, celui de la deuxième cage.

— Je m'y attendais. Quand le docteur Bertrand viendra, demandez-lui de ma part de bien vouloir en faire l'autopsie.

Il m'a encore regardée, a ouvert la bouche, puis il a décidé de se taire.

Je n'ai pas déjeuné au réfectoire mais je suis allée manger dans un petit restaurant du quartier. Il faisait gris et froid. J'ai essayé de marcher mais je me suis vite sentie fatiguée.

Qu'est-ce que Shimek fait de son temps, cet après-midi ? Sa femme était seule à Paris quand il l'a connue. Lui-même n'a pas de famille en France. Il fréquente peu de gens, presque uniquement des confrères.

Ils sont là, sa fille et lui, seuls dans l'appartement avec la morte et avec une bonne qui se tient dans la cuisine. Il m'en veut, je l'avais prévu, parce qu'il s'en veut à lui-même. Il est probable que je ne retrouverai jamais nos relations d'antan.

Lundi encore… Je ne peux pas y croire.

Je rentre quand même dîner. Je trouve mon père et ma mère face à la télévision. Un homme et une femme s'embrassent sur l'écran, puis la femme éclate de rire.

La maison est hallucinante d'immobilité. Je demande à mon père, stupidement :

— Olivier est sorti ?

J'ai parlé pour parler et il me répond sèchement :

— Je n'en sais rien.

Nous dînons. Seule Manuela est souriante comme si, pour elle, la vie restait belle malgré tout. Je regarde ensuite la télévision, moi aussi, faute de courage pour lire. Mon père s'est retiré dans son bureau.

Un peu après dix heures mon frère rentre. Je m'imagine qu'il va monter directement dans sa chambre ou dans celle du second étage mais, contrairement à mon attente, il pénètre dans le salon.

Il est éméché. Cela lui arrivait rarement, avant les derniers accrochages. Il n'est pas buveur. On dirait qu'il se met à boire par défi.

— Tu as un peu d'alcool, Laure ? Tu dois bien savoir où se trouve le cognac de maman.

Elle tressaille, mais ne se tourne même pas vers lui.

— Non. Je ne sais pas.

Et, tourné vers ma mère, il prononce :

— Ton cognac, maman…

— Je n'en ai pas.

— Ne raconte pas d'histoires. Dis-moi où tu le caches, que je m'en serve un ou deux verres. Ce soir, j'ai envie de me saouler la gueule.

Saoul, il l'est déjà, et il parle à voix très haute. On dirait qu'il cherche la bagarre et, de temps en temps, il se tourne vers la porte du bureau de mon père.

— Alors, tu vas me chercher la bouteille ?

— Monte dans ta chambre.

— Tu te rends compte que tu me parles comme à un gamin de dix ans ?

— Monte dans ta chambre, répète-t-elle avec une sorte d'effroi.

On le sent de plus en plus agressif.

— Si tu crois que je vais obéir à une femme comme toi.

Alors, la porte s'ouvre et mon père paraît.

— Je voudrais qu'on parle moins fort.

— Tu sais peut-être, toi, où maman cache son cognac ?

— Je te serais reconnaissant de te taire.

— Et moi j'ai envie de me saouler.

— Dans ce cas, va le faire ailleurs qu'ici.

— Je fais encore partie de la famille, non ? Et c'est ici que je suis supposé habiter.

— A condition de te conduire convenablement.

— Parce qu'on se conduit convenablement, dans cette maison ? Tu te conduis convenablement, toi, quand tu entraînes l'amie de ton fils dans un hôtel louche et crasseux ?

— Je te prie de...

— De rien du tout ! J'ai le droit de parler, comme tout être humain, et je compte bien le faire.

Mon père se tourne vers maman.

— Tu ferais mieux de monter, Nathalie.

Elle ne quitte pas son fauteuil et elle écoute, le regard toujours fixé sur l'écran de télévision.

— Manuela ! appelle Olivier d'une voix forte.

— Elle est montée, dis-je en espérant qu'il va aller la rejoindre.

C'est d'ailleurs vrai qu'elle est montée et qu'il n'y a plus de lumière dans la cuisine. Je m'y rends, j'allume, saisis la bouteille de vin rouge ordinaire et l'apporte au salon ainsi qu'un verre.

— Tiens. C'est tout ce que j'ai trouvé.

Mon père me regarde en se demandant ce qui me prend. Au point où Olivier en est, le mieux est qu'il boive le plus vite possible, le plus possible, ce qui l'obligera à monter se coucher.

— A ta santé, maman. Toi, tu t'offres du cognac, mais ton fils doit se contenter de gros rouge, comme un déménageur.

— Olivier, laisse ta mère tranquille.

Mon père essaie de se montrer ferme, sans parvenir à impressionner mon frère, qui est trop lancé.

— Toi, tais-toi ! Je te jure que c'est ce que tu as de mieux à faire. Vois-tu, il y a des actes tellement dégueulasses qu'un homme en perd le droit de s'occuper des autres. Quant à ma pauvre vieille soûlarde de mère…

— Je te préviens que…

Mon père s'est avancé d'un pas, les poings serrés.

— Non ! Sans blague ! Ne dis pas que tu vas me frapper ? Tu oublies que, maintenant, je suis plus fort que toi.

— Je t'ordonne de te taire et, en particulier, de laisser ta mère tranquille.

Alors, une voix se fait entendre, celle de ma mère, justement, qui dit :

— Laisse-le parler. Il a raison. Nous sommes, toi et moi, aussi dégoûtants l'un que l'autre…

Tout cela est stupide et ne mène nulle part. Chacun cherche les mots les plus durs, les plus cruels. On dirait des écorchés vifs.

Je ne suis pas plus intelligente quand je menace :

— Si vous ne vous taisez pas, j'éteins les lumières.

Et, pour commencer, sans raison précise, je tourne le bouton de la télévision.

— Je verrai, demain, quelle décision prendre, prononce mon père avec une fausse dignité en se dirigeant vers la porte.

— C'est cela. En attendant, veille à ne pas te tromper d'étage. Il pourrait t'en cuire car, là-haut, tu n'es plus mon père.

Il verse un autre verre qu'il vide à larges gorgées.

— Quant à toi, maman, je crois que je te dois des excuses. De vivre avec un homme pareil, je commence à comprendre qu'on se mette à boire.

Des larmes roulent sur les joues de ma mère et je cherche dans ma mémoire en quelle occasion je l'ai déjà vue pleurer. Il me semble bien que ce soit la première fois.

— Monte, maintenant, fils.

Elle ne l'appelle jamais ainsi. J'en suis toute saisie. Olivier aussi.

— Je t'ai fait mal ?

Il s'approche d'elle d'un pas indécis et lui pose furtivement les lèvres sur le front.

— Tu es quand même une brave femme, va !

Et, à moi :

— Bonne nuit, Laure.

Il monte avec peine, franchit le palier du premier et se dirige vers les mansardes. Ma mère me jette un coup d'œil bref, ne sait plus que faire, quelle contenance prendre.

— Ce n'est pas sa faute, finit-elle par murmurer.

Elle parle évidemment d'Olivier. Que veut-elle dire au juste ? Que ce n'est pas sa faute s'il a bu ?

Que ce n'est pas sa faute s'il s'en est pris à mon père et, par la même occasion, à elle-même ? Que ce n'est pas sa faute s'il est tombé amoureux de la bonne ?

Elle écoute les pas de mon père qui doit être occupé à se déshabiller. Elle attend qu'il soit couché et peut-être endormi pour monter à son tour.

— Tu peux aller, Laure.

Je sais qu'elle ne parlera plus. C'est miracle que, ce soir, elle en ait dit autant. Il y a même eu un instant où je l'ai trouvée presque humaine.

— Bonne nuit, maman.

Je ne l'embrasse pas. Je n'en ai pas l'habitude.

— Bonne nuit.

Peut-être a-t-elle envie de boire, toute seule au rez-de-chaussée.

4

J'ai été surprise, le mardi matin, de voir le professeur faire le tour des laboratoires, examiner certains animaux et donner ses instructions comme il le
fait quotidiennement avant d'aller s'enfermer dans
son bureau avec le docteur Bertrand.

Parce que quelqu'un vient de perdre un être cher,
on s'attend à ce qu'il ne s'intéresse plus à rien
d'autre qu'à son chagrin, et cependant la vie
continue, il mange, il boit, il parle, il travaille.

Je l'ai suivi, comme d'habitude. Nous sommes
trois à le suivre dans sa tournée, prêtes à noter ses
observations, mais il n'a pas paru s'apercevoir de
ma présence. J'étais là, sans plus, comme si je faisais
partie du décor. Deux ou trois fois son regard a
glissé sur moi, parce que j'étais dans son champ.

Est-il possible qu'il ait tant vieilli en trois jours ?
Il a perdu sa prodigieuse vitalité et j'ai l'impression
d'avoir devant moi un homme comme un autre, j'ai
honte de dire un homme comme mon père. Ses
yeux sont sans éclat, sans leur vivacité, leur pétille-
ment habituel.

Il fait son travail parce que c'est sa fonction, son devoir. Je suis mal à l'aise. Je cherche malgré moi un signe, une petite lueur, quelque chose qui m'indique qu'il redeviendra lui-même, que je compterai à nouveau, si peu que ce soit, dans sa vie.

Il faut que je passe à la maison mortuaire et je n'ose pas y aller seule ; je vais de collègue en collègue afin d'en trouver une qui veuille, à l'heure de midi, m'accompagner. Certaines me répondent sèchement non. D'autres me regardent avec un sourire narquois. Je finis par en décider deux, dont une grosse fille placide, Maria, qui a été élevée à la campagne où ses parents sont fermiers.

Nous mangeons vite. Maria n'a pas de moyen de transport, mais l'autre, Martine Ruchonnet, dont le père est un avocat connu, dispose d'une 4 CV et nous conduit place Denfert-Rochereau.

Il y a toujours deux volets fermés du côté gauche du troisième étage. Les obsèques doivent avoir lieu le lendemain matin et les ouvriers des pompes funèbres ont commencé à tendre des draperies noires devant la porte.

Nous montons en ascenseur. Nous n'avons pas besoin de sonner, car la porte est contre. Je revois le long et large couloir bourré de livres. Même les skis sont restés dans l'entrée. Il règne une chaude odeur de cuisine à laquelle se mêle celle des cierges.

Nous trouvons, à gauche, la porte large ouverte de la chapelle ardente, avec ses cierges allumés, son brin de buis, des fleurs à profusion, y compris des vases qu'on a dû poser à même le sol.

Elle n'est pas encore dans le cercueil mais étendue, toute en blanc, sur une sorte de lit de parade, les mains croisées sur un chapelet.

Je me signe comme je l'ai vu faire. Je saisis le brin de buis et trace une croix dans l'espace en même temps que je jette un coup d'œil à la religieuse qui prie dans un coin.

A-t-on embauché des bonnes sœurs pour qu'elles se relaient auprès de la morte, faute de membres de la famille disponibles jour et nuit ?

Les mains auxquelles s'enroule le chapelet me fascinent. Elles sont fortes, les doigts carrés. Ce sont les mains d'une femme encore proche de la terre, habituée à vaquer à son ménage et à effectuer au besoin de gros travaux.

Ma mère a les mains longues, les doigts minces et pointus, et c'est un drame quand elle se casse un ongle.

Est-ce que, quelque part dans l'appartement, le professeur et sa fille sont occupés à manger en tête à tête ?

Quelqu'un entre, un homme du peuple aux lourds souliers, qui fait gauchement le signe de la croix et qui reste debout, à regarder la morte, tout en tenant sa casquette à la main.

Je me sens dans un monde inconnu et tout l'apres-midi je reste sous le coup de cette impression. Je me croyais très proche du professeur. Maintenant, je me rends compte que je ne sais presque rien de lui et que je n'ai peut-être été qu'une parenthèse sans importance dans sa vie.

Quand je rentre le soir aux Glaïeuls, il pleut à nouveau et il y a un fort vent. Je suis surprise de constater que je suis la première. Ni mon père ni mon frère ne sont arrivés, bien qu'il soit sept heures et demie. Je cherche ma mère des yeux et ne la trouve pas dans le salon ni dans la salle à manger.

Mon instinct me dit qu'il se passe quelque chose et, quand j'entre dans la cuisine, ce n'est pas Manuela que j'y trouve, mais ma mère, qui a mis son tablier.

Elle a l'air fatiguée mais elle est moins nerveuse que les jours précédents. Est-ce que la neuvaine toucherait à sa fin ? Elle est occupée à mettre au four un plat de macaroni au jambon.

— Bonsoir, maman.

Elle me regarde comme si elle était surprise que je lui adresse la parole.

— Bonsoir.

— Manuela est en haut ?

— Non.

— Où est-elle ?

— Elle est partie.

— Tu l'as mise à la porte ?

— C'est elle qui a décidé de rentrer dans son pays.

Cela me surprend, mais je n'y attache pas trop d'importance, car Shimek reste au premier plan de mes préoccupations. J'aurais voulu le consoler, jouer un rôle utile auprès de lui. Au cours de l'après midi, ce n'est pas moi, mais une grande bringue antipathique qui a fait la collecte pour l'achat d'une couronne.

— Tu es sûre que tu ne lui as pas donné son congé ?

— Elle a quitté la maison d'elle-même.

— Vous ne vous êtes pas disputées ?

— Elle avait sûrement pris sa décision avant. Elle est descendue tout habillée, sa valise à la main, et elle m'a demandé de lui régler son compte.

Mon père arrive à son tour. Lui aussi semble percevoir un changement dans l'atmosphère de la maison et, au bas de l'escalier, il appelle :

— Nathalie !

Il finit par pénétrer dans la cuisine, n'ose pas demander où est Manuela. Ma mère le renseigne en le regardant avec une féroce ironie.

— Elle est partie.

Il ne paraît pas comprendre.

— Quand rentrera-t-elle ?

— Elle ne rentrera pas.

C'est moi qui interviens, pour en finir.

— Elle a donné son congé pour retourner en Espagne.

Il ne dit rien, fait demi-tour, va s'asseoir au salon et déploie un journal. On sent qu'il a reçu un choc. Moi, je mets la table afin d'aider ma mère mais c'est au professeur que je pense, à sa femme que, ce soir ou demain à la première heure, on va mettre dans son cercueil. Les mains jointes, le chapelet, la présence d'une religieuse dans la chambre mortuaire m'ont surprise et je me demande si Shimek est catholique, s'il est vraiment croyant.

Si oui, est-il allé se confesser de ses rapports avec moi, qu'il doit considérer comme des péchés ? M'en veut-il de m'être pour ainsi dire offerte ? Car je me rends compte que je l'ai provoqué.

J'étais amoureuse alors qu'il ne m'avait pas encore distinguée des autres. Je n'étais qu'une des nombreuses laborantines qu'il voyait chaque jour, chargées de tâches précises.

Je voulais de toutes mes forces qu'il fasse attention à moi. Je voulais devenir sa maîtresse. Je voulais devenir pour lui autre chose qu'une de ses banales collaboratrices.

J'étais sincère. Je le suis encore. Je lui ai voué ma vie et je me suis rendu compte, aujourd'hui surtout, que je ne sais à peu près rien de lui.

C'est au tour de mon frère de rentrer. Il est soucieux, fatigué. Il se laisse tomber dans un fauteuil du salon, sans paraître se rendre compte de la présence de mon père. Il saisit un journal, lui aussi, allume une cigarette.

M'apercevant dans la salle à manger, il me lance :

— C'est toi qui mets la table, à présent ?

— Tu le vois bien.

— Où est maman ?

— Dans la cuisine.

— Et Manuela ?

— Elle est partie.

Il se lève d'une détente, le visage dur.

— Qu'est-ce que tu dis ?

— Qu'elle est partie.

— Maman l'a mise à la porte ?

— Elle prétend que non.

— Tu veux dire que Manuela est partie d'elle-même ?

— Je ne veux rien dire du tout. Je n'étais pas ici. Je viens de rentrer.

Il se tourne vers son père qu'il regarde avec des yeux durs, marche à grands pas vers la cuisine.

— Qu'est-ce que tu as fait de Manuela ?

Et ma mère répète d'une voix morne :

— Elle est partie.

— Que lui as-tu dit ?

— Rien.

— Tu mens.

— Comme tu voudras.

— Avoue que tu mens, que c'est toi qui l'as forcée à s'en aller.

— Non.

Cela le dépasse. Il s'élance dans l'escalier, monte en courant au deuxième étage où on l'entend aller et venir, ouvrir et refermer des tiroirs et les portes de la grande armoire.

Quand il redescend, son visage est plus dur que jamais, mais il ne dit rien.

— C'est servi.

La soupière est au milieu de la table. Nous prenons chacun notre place, moi devant ma mère, Olivier devant mon père, et nous nous servons en silence.

Le dîner à peine terminé, Olivier s'en va sans un mot et on entend bientôt le bruit de son vélomoteur. Sait-il exactement où habite Pilar, l'amie de Manuela, avenue Paul-Doumer ? Ils ont dû parler d'elle ensemble. Peut-être l'a-t-il rencontrée chez *Hernandez*, le bal espagnol de l'avenue des Ternes.

C'est moi qui dessers et qui lave la vaisselle. Il en est ainsi chaque fois que nous sommes sans bonne et cela nous arrive souvent. La plupart restent deux ou trois mois, rarement six. Il y en a qui partent dès la seconde semaine, quand ce n'est pas maman qui les met à la porte parce qu'elle les trouve irrespectueuses.

— Vous manquez de respect, ma fille.

C'est une phrase que j'ai entendue si souvent pendant mon enfance et mon adolescence !

Alors, je me lève plus tôt le matin, je prépare le café, vais à la grillle chercher la bouteille de lait, le pain et le journal.

Avant de partir pour Broussais, je fais ma chambre et celle de mon frère. Enfin, je frappe à la porte de ma mère et je dépose une tasse de café sur sa table de nuit.

J'ignore si les autres enfants sont comme moi. Toute jeune, déjà, j'évitais autant que possible d'entrer dans la chambre de mes parents, à cause de l'odeur. Nous avons chacun la nôtre, certes, mais, de sentir la leur, il me semblait que j'entrais dans une intimité déplaisante.

Il en est encore ainsi à présent alors, par exemple, que l'odeur d'Olivier ne me gêne pas.

Je suis profondément endormie quand on ouvre bruyamment la porte de ma chambre et que la lampe s'allume au plafond. C'est mon frère qui a de la pluie sur les cheveux et sur le visage. Le réveil marque près de minuit.

— Que se passe-t-il ?

— Ne t'inquiète pas. Rien qui te concerne personnellement.

— Tu as trouvé Pilar ?

— Comment sais-tu… ?

— Ce n'est pas difficile à deviner.

— Elle n'a pas vu Manuela. Elle n'a pas non plus reçu de coup de téléphone.

— Peut-être n'étaient-elles pas si amies que ça ?

102

— Il paraît que si. Elles se disaient tout. Pilar est au courant, au sujet de mon père.

— Quel genre de fille est-ce ?

— Une petite noiraude, toute maigre, qui a l'air de se moquer des gens.

— Elle s'est moquée de toi ?

— Si Manuela est vraiment partie, m'a-t-elle dit, il faudra que vous en trouviez une autre.

— Elle n'a pas ajouté qu'elle était disposée à prendre la place de sa copine ?

— Si. Je suis allé à l'aéroport, car c'est en avion qu'elle est venue d'Espagne. On m'a renvoyé de guichet en guichet pour me dire, en fin de compte, qu'ils n'ont pas le droit de donner de renseignements sur les passagers.

» A la gare d'Austerlitz, où je me suis rendu ensuite, c'est la cohue et les employés ne se souviennent pas des gens à qui ils ont vendu des billets.

» Tu crois qu'elle est retournée chez elle, toi ?

— Je ne sais pas. J'ai été aussi surprise que toi quand je suis rentrée et que je ne l'ai pas vue.

— Je suis persuadé qu'elle est restée à Paris. Je m'attendais tout au moins à trouver un mot d'elle dans ma chambre ou dans la sienne.

— Tu crois qu'elle est capable d'écrire en français ?

Mon objection le frappe et il en est réconforté.

— Elle trouvera bien le moyen de me donner de ses nouvelles. Tu sais ce que j'ai fini par faire ? Je me suis dit qu'elle ne connaissait guère les hôtels de Paris et je suis allé dans celui où mon père l'a emmenée. Ils ne se souviennnent pas d'elle. Son nom ne figure pas sur leur registre.

» Qui sait ? C'est peut-être mon père qui l'a installée quelque part afin de la garder pour lui seul.

Et mon frère conclut par un seul mot :

— Saloperie !

J'ai du mal à me rendormir. A six heures et demie, le réveil me tire de mon sommeil, près d'une heure plus tôt que d'habitude. Je descends et j'allume le gaz. Il ne pleut pas, mais il fait toujours gris et les nuages gonflés d'eau ont l'air de passer au ras des toits.

Je vais chercher le lait, le pain, le journal. Je vide les cendriers, machinalement, et je mets un peu d'ordre, sans pour autant faire le ménage. Puis j'étends la nappe et j'installe les couverts.

C'est inutile de mettre une annonce pour une bonne. Les rares qui répondent sont toujours les mêmes, des femmes qui ne parviennent à rester dans aucune place. Tout à l'heure sans doute ma mère téléphonera à l'agence où on la connaît.

Même si la maison n'était pas lugubre, si ma mère n'avait pas ses neuvaines, il nous serait difficile de trouver quelqu'un de bien à cause de notre éloignement de Paris. Manuela a été une sorte de miracle. Il y a peu de chances pour qu'il se reproduise.

— Tu prends des saucisses avec tes œufs ?

Mon frère me regarde d'un œil distrait et répète comme si le mot ne signifiait rien pour lui :

— Des saucisses ?

Il a dit ça si drôlement que je ne puis m'empêcher de rire.

— Comme tu voudras. Je n'ai pas faim.

Il n'en mange pas moins les deux œufs et les saucisses que je lui sers et il n'a pas tout à fait fini que mon père descend à son tour. Les deux hommes affectent toujours de s'ignorer et ne se saluent pas, même d'un signe de tête.

Dès qu'ils sont partis, je lave la poêle, les assiettes, les tasses, et je replie la nappe que je glisse dans son tiroir, avec les serviettes. Je retrouve des mouvements qui me reviennent à chaque changement de domestique, puis je vais frapper, une tasse fumante à la main, à la porte de ma mère. Je n'attends pas qu'elle réponde. J'entre. Elle a les yeux ouverts et regarde le plafond.

— Ils sont partis ?

— Tu n'as pas entendu le vélomoteur d'Olivier et la voiture de papa ?

Car aujourd'hui, il a pris la voiture, bien qu'il ne pleuve pas.

Elle répond :

— Si. J'avais oublié.

C'est'irréel. On dirait qu'elle vit dans une sorte de rêve.

— Ils me détestent, hein ?

Je préfère ne rien dire.

— Ce n'est pas à cette fille, mais à moi qu'ils en veulent.

Il est rare qu'elle me parle autant et cela me gêne, je n'ai surtout pas envie qu'elle me fasse des confidences.

— Je te jure, Laure, que je ne l'ai pas mise à la porte. Tu me crois ?

J'ai un vague mouvement de la tête.

— Tu me détestes aussi, toi ?

— Je ne te déteste pas.

Je suis sur le point d'ajouter :

— Je te plains.

C'est inutile. Je recule vers la porte tandis qu'elle boit une gorgée de café entre deux bouffées de cigarette. Elle est mieux que les autres jours. Elle n'a pas les yeux bouffis, ni les cercles rouges aux pommettes.

— Tu aurais quand même préféré une autre mère.

Que dire à cela ?

— Je voudrais que tu sois bien portante.

— Je ne l'ai jamais été. Plus tard, tu comprendras. Tu es trop jeune.

— Il est temps que je parte.

— Oui. Va.

Je me dis soudain qu'elle reste seule dans la maison. C'est déjà arrivé, entre deux bonnes, mais, sans raison précise, cette fois, cela me fait un peu peur. Du pallier, je la regarde, assise dans son lit, maigre et pointue, fumant une cigarette, sa tasse de café à la main. Elle est tournée vers la fenêtre et il est impossible de deviner ce qu'elle pense.

Je passe d'abord à Broussais, où l'atmosphère est différente de celle des autres jours. Chacune d'entre nous regarde souvent l'heure à la grosse horloge électrique et le docteur Bertrand est plus pressé que d'habitude de faire le tour des animaux dans les trois laboratoires. Il prend des notes, ne pense pas à l'horloge et regarde l'heure à sa montre.

On ne laisse que trois filles de garde, les dernières venues, ce qui est un minimum. Même Mlle Neef, à neuf heures et demie, va retirer sa blouse et son bonnet, endosser un manteau à col de martre et mettre un petit chapeau noir que je ne lui connais pas.

Un quart d'heure plus tard, nous nous retrouvons devant la maison mortuaire où nous ne sommes pas les seules à attendre. Outre les habitants de l'immeuble, les fournisseurs, quelques voisins, je reconnais la plupart des grands patrons de Broussais, certains accompagnés de leur femme.

Ceux qui ne sont pas venus la veille ou l'avant-veille montent au troisième pour aller s'incliner devant la morte. Ce n'est pas mon cas. J'imagine le professeur, à la porte de la chambre mortuaire, serrant distraitement les mains tandis que sa fille et la bonne pleurent au fond de l'appartement.

Le corbillard arrive, suivi de plusieurs voitures noires qui prennent place le long du trottoir, et un policier très galonné dirige le service d'ordre.

Les hommes descendent le cercueil, remontent pour aller chercher les fleurs et les couronnes qui recouvrent entièrement le corbillard, au point qu'on doit en mettre dans une des voitures.

Shimek descend, plus petit et plus maigre, semble-t-il, et on dirait qu'il ne se rend pas compte de ce qui se passe autour de lui. Il regarde la foule sur le trottoir et on s'attend presque à ce qu'il salue pour remercier.

Il m'apparaît soudain comme un homme frêle, presque insignifiant. Un instant, avant qu'il monte en voiture avec deux de ses confrères de Broussais, nos regards se croisent et je me demande s'il me reconnaît. Peut-être que oui, mais alors ce n'est qu'un éclair.

Je voudrais tellement lui être utile, lui être nécessaire ! Je me fais toute petite. Je m'éloigne, me glisse dans les derniers rangs, avec les curieux, puis je vais chercher mon vélomoteur et je me dirige vers l'église de Montrouge.

Là aussi, je reste au fond. La plupart de mes collègues sont plus ou moins groupées.

Est-ce le chant des orgues ou le piétinement du cortège dans l'allée centrale qui me font pleurer ? Je ne sais même pas pourquoi je pleure. Ce n'est pas à la femme aux mains carrées, couchée dans le satin blanc de son cercueil, que je pense en ce moment. Ce n'est pas directement au professeur qui se trouve seul, au premier rang, à droite du catafalque.

J'entends la sonnette agitée par l'enfant de chœur, la voix de l'officiant qui a une grande croix blanche sur sa chasuble noire.

A moi aussi, tout cela paraît irréel et j'ai l'impression d'une sorte de gâchis. Je ne cherche pas à préciser ma pensée. Pourquoi est-ce que je revois ma mère, ce matin, dans son lit, avec une cigarette, sa tasse de café et son étrange regard fixé, à travers les vitres, sur les arbres noirs du jardin ?

Elle est malheureuse. Elle nous rend peut-être malheureux, mais elle est la première à souffrir. Et mon frère souffre. Mon père souffre aussi. Ils sont devenus des étrangers l'un pour l'autre et on jurerait qu'ils se haïssent.

Est-ce possible ? Est-ce que jamais notre famille ne se comportera comme une vraie famille ?

Ce matin, devant la maison mortuaire, c'est à peine si Shimek m'a reconnue alors que toute mon existence dépend de lui. Je n'ai aucun droit, je m'en rends compte. Il va se consacrer à sa fille et se jeter avec plus d'acharnement que jamais dans son travail.

Je me mouche. Je m'essuie les yeux. J'ai honte de pleurer sur moi, car c'est bien sur moi que je pleure.

Je ne l'ai pas reconnu tout de suite. Je sortais de l'hôpital et j'allais me diriger vers le parking quand il est sorti de l'ombre. J'ai eu l'impression qu'il était démesurément grand, avec de très longs bras, de très longues jambes.

— Je t'ai fait peur ?

C'est Olivier, à qui il n'arrive à peu près jamais de venir m'attendre à la sortie, à moins que nous ayons rendez-vous pour aller quelque part en ville. Ma première idée est qu'il a une mauvaise nouvelle à m'annoncer.

— Qu'y a-t-il, Olivier ?

— J'ai envie de bavarder avec toi ailleurs que dans cette maudite maison. Tu dois connaître un petit café tranquille.

— Il y en a un en face.

C'est le restaurant où je suis allée boire les cognacs l'après-midi où Mme Shimek est morte et c'est curieux que les circonstances m'y fassent retourner le jour de son enterrement.

Il y a des boiseries sombres jusqu'à mi-hauteur des murs peints en beige. L'éclairage est diffusé par des lampes à abat-jour de faux parchemin posées sur les tables. Cette fois, le barman est là.

— Qu'est-ce que tu prends ?

— Un café. Je me sens fatiguée.

— Un café et un scotch, commande-t-il.

Je suis toujours surprise de le voir boire car il n'y a pas si longtemps qu'il était encore un enfant.

— Je ne suis pas allé à mon cours, cet après-midi. J'avais besoin de réfléchir.

Il me regarde avec gravité. Il n'est pas ivre. Il n'a pas encore bu.

— Je crois que c'est décidé.

Il fronce les sourcils en me regardant.

— Tu es enrhumée ?

— Tu demandes ça à cause de ma voix, ou parce que j'ai le nez rouge ?

— Tu n'as pas ton visage habituel.

— J'ai pleuré.

— A cause de ce qui se passe chez nous ?

— C'était aujourd'hui qu'on enterrait la femme de mon patron.

Cela ne le touche pas. Il ne pense qu'à ce qui le concerne personnellement. N'est-ce pas mon cas aussi ?

— Tu disais que tu t'étais décidé. A quoi ?

— A quitter la maison.

Je m'attends depuis longtemps à ce que cela arrive un jour ou l'autre mais je n'en reçois pas moins un choc.

— Et tes études ?

Je pose la question sans conviction, pour dire quelque chose.

— Tu sais, si je suis entré à l'université, c'est surtout parce que mon père y tenait. Quant à la chimie, je m'y passionnais quand j'avais quatorze ou quinze ans, pour fabriquer des sortes de bombes que j'allais faire éclater dans le bois. C'était un jeu.

110

Depuis que j'en fais vraiment, je ne vois pas où ça mène.

Il n'y a que deux ans de différence entre nous, pourtant j'ai l'impression d'être tellement plus âgée que lui ! Est-ce parce que c'est un garçon ? Est-il resté particulièrement jeune pour son âge ?

Il me semble que c'est un grand enfant qui est devant moi à parler de prendre des décisions capitales.

— Je ne peux plus les supporter, tu comprends ? Maintenant surtout, après ce qu'ils m'ont fait tous les deux.

Je comprends ce qu'il veut dire. Mon père a emmené Manuela dans un hôtel de passe et ma mère, elle, l'a certainement mise à la porte. Il ne le leur pardonne ni à l'un ni à l'autre.

— Il y a des jours où je me demande si maman ne devrait pas être dans un asile. Quant à cet homme qui se prétend mon père, ce n'est jamais qu'un imbécile vicieux.

Il allume une cigarette à celle qu'il a encore aux lèvres.

— Comment gagneras-tu ta vie ? Tu en as une idée ?

— Pas encore. Pour me donner le temps de réfléchir, j'ai l'intention de devancer l'appel au service militaire. Ou même, s'il le faut, de m'engager.

— N'as-tu pas besoin de l'autorisation paternelle ?

— Tu crois qu'il ne me la donnera pas avec empressement ? Il ne sera que trop content d'être débarrassé de moi. Ainsi, il pourra tout à son aise courir après les bonnes.

Cela fait mal de le sentir à la fois si amer et si jeune.

— Je pense que tu te trompes, Olivier. Je suis persuadée qu'il a honte de ce qui s'est passé. Cela arrive aussi bien à son âge qu'au tien.

— Ne le défends pas, veux-tu ?

— Je te donne mon avis et je te demande de ne pas céder à la passion. Attends quelques jours. N'oublie pas que c'est ton avenir qui en dépend. Quand tu sortiras du service, tu n'auras pas davantage un métier qu'à présent.

— Je me débrouillerai toujours. Je n'ai pas peur de manger de la vache enragée. Au moins, je serai mon maître.

Il boit une gorgée de whisky et a un haut-le-cœur.

— Sans compter que, si je restais, je me mettrais à boire. C'est dans la famille. Voilà ! Maintenant tu sais ce que j'ai dans la tête. Tu ne me comprends pas ?

— Je te comprends mais je te demande d'attendre un peu, mettons une semaine.

— C'est long !

— Pas en regard de toute une vie.

— Tu sais, pour ce que nos parents nous ont montré de la vie...

Je ne suis pas habile à le convaincre et je ne trouve guère d'arguments car, à moi aussi, il est arrivé plusieurs fois d'en avoir assez de la maison. J'ai un métier qui me plaît. Je pourrais vivre seule dans un petit logement qui serait toujours impeccable. J'y recevrais des amies ou des amis.

Olivier, lui, saute d'une idée à l'autre.

— Ce que je ne comprends pas, c'est comment elle s'est rendue à Givry pour y prendre le car.

— Elle a sans doute téléphoné pour un taxi.

— Elle ne l'a pas fait. Ce matin, je me suis arrêté près du gros Léon qui attendait devant la gare. Je lui ai demandé s'il est venu chez nous embarquer une jeune fille avec une grosse valise bleue. Il n'a reçu aucun appel de la maison et n'a pas vu de jeune fille avec une valise.

» Son collègue attendait derrière lui et je lui ai posé la même question.

» Lui non plus n'est pas venu à la maison. Il n'y en a pas d'autres à Givry.

— Ce n'est jamais qu'un peu plus d'un kilomètre à parcourir à pied.

— Avec une valise pleine !

— A moins que maman ne l'ait emmenée en voiture à la gare ou à l'arrêt du bus.

— C'est juste. Pour s'assurer qu'elle quittait bien la région.

— Tu me promets d'attendre une semaine ?

— Mettons que j'attendrai quelques jours s'il ne se passe rien dans l'immédiat.

— Que veux-tu dire ?

— Je ne veux plus de scènes. Cela me secoue trop. Après, j'ai honte pour les autres et honte de moi.

— Tu rentres maintenant ?

— Je partirai dans une demi-heure ou une heure. Je serai à temps pour le dîner, n'aie pas peur.

J'appelle le barman et je veux payer. Mon frère m'arrête.

— Tu es folle ? Tu oublies que tu es une fille ?

Drôle d'Olivier. Je le laisse faire. Il m'accompagne jusqu'au parking où il a mis son vélomoteur. Nous partons chacun de notre côté.

Quand j'arrive aux Glaïeuls, je suis surprise de trouver la porte contre alors qu'elle est d'habitude fermée. Sensibilisée comme je le suis, je me sens prise de panique, surtout quand je trouve vides toutes les pièces du rez-de-chaussée. Non seulement elles sont vides mais elles ne sentent pas, comme les autres jours, la fumée de cigarette.

Le ménage n'a pas été fait. Les journaux d'hier sont encore au salon et il y a des miettes de pain sur le parquet de la salle à manger.

Je m'engage dans l'escalier, je frappe à la porte de mes parents et une voix presque ferme me dit :

— Entre.

Ma mère est au lit, le visage beaucoup moins rouge qu'hier à la même heure. Je devine qu'elle a décidé de commencer sa cure. D'un côté, j'en suis heureuse, mais d'un autre cela me fait un peu peur.

Si nous parlons toujours de neuvaine, c'est qu'il arrive chaque fois un moment où elle se met au lit et où elle se retire en quelque sorte de la vie de la maison.

Chaque jour, elle diminue un peu sa consommation d'alcool. J'en ai parlé au docteur Ledoux, qui s'est montré fort surpris que ma mère ait autant d'énergie.

— En réalité, elle fait, toute seule, une véritable cure de désintoxication. Les premiers jours surtout, c'est atroce. Elle doit avoir l'œil fixé sur l'horloge en attendant l'heure qu'elle s'est fixée pour un premier verre, puis pour un second. Tout son organisme est à la dérive. Je suppose qu'elle prend un tranquillisant ?

— Je ne sais pas. C'est à peine si on peut entrer dans la chambre.

— Elle mange un peu ?

— Elle doit descendre quand il n'y a personne en bas, car il manque toujours quelque chose dans le réfrigérateur. Elle ne fait pas de vrais repas.

— C'est tellement pénible que j'ai vu des cas de dépression nerveuse et même, rarement, il est vrai, de suicide.

Il me semble qu'elle a les yeux très enfoncés dans les orbites. Cela tient au cerne sombre des paupières. Elle ne s'est pas coiffée, probablement pas lavée.

— Je n'ai pas fait le ménage. Je n'ai rien préparé pour dîner non plus, mais j'ai téléphoné à Josselin.

C'est le charcutier de Givry qui est en même temps marchand de légumes et de fruits.

— J'ai laissé la porte, en bas, entrouverte, afin qu'il entre et qu'il mette dans le réfrigérateur des viandes froides. J'ai aussi commandé des œufs et de la salade.

J'imagine les efforts que ces simples démarches lui ont coûtés. Sans doute a-t-elle profité de sa présence au rez-de-chaussée pour y prendre une ou des bouteilles. Elles doivent être à présent cachées quelque part dans la chambre.

— Va, maintenant. Cela me fatigue de parler.

Je regarde malgré moi la place vide dans le lit, à côté d'elle, et je me dis que tout à l'heure mon père viendra s'y coucher. Cette fausse intimité me gêne. Autant que je sache, il n'y a plus aucun lien entre eux depuis longtemps. Ils en sont au point où ils parviennent à peine à se supporter.

Pourtant, le soir, ils se déshabillent pour dormir dans le même lit.

Cela me dépasse. Cela me dégoûte un peu, surtout quand je vois ma mère dans l'état où elle se trouve.

Officiellement, il n'est pas question d'alcool. Elle est malade. Ce sont ses migraines qui la font souffrir et qui lui donnent de pénibles vertiges.

— Bon rétablissement, dis-je.

Elle se tourne sur le côté et ferme les yeux.

Je profite de ce que je suis à l'étage pour monter chez Manuela où je n'ai jamais mis les pieds tant qu'elle travaillait pour nous. Le lit de fer est défait, les couvertures et les draps sens dessus dessous, ce qui me rappelle l'état dans lequel se trouvait mon frère quand il est venu chez elle la dernière fois.

Ils ont couché à deux dans le lit étroit où il n'y a qu'un oreiller taché de rouge à lèvres.

Par terre, je vois une mule assez fatiguée et, en me penchant, j'en trouve une seconde sous le lit. Elle a dû les oublier. Les tiroirs sont vides. Sur la commode, il n'y a qu'un vieux magazine espagnol et un roman d'amour à la couverture bariolée.

Rien dans l'armoire, sinon une paire de chaussettes sales de mon frère. Enfin, dans la salle de bains, je ramasse un peigne cassé.

Je descends et me dirige vers la cuisine afin de mettre la table. Ce soir, il n'y aura que trois couverts. Il en sera de même pendant une semaine environ. C'est le temps moyen qu'il faut à ma mère pour se désintoxiquer, après quoi elle reprendra pied dans la vie ordinaire.

Cela m'a fait mal, aujourd'hui, de la voir dans son lit, si défaite, si misérable. N'est-elle pas tentée dix fois par jour de porter le goulot de la bouteille à ses lèvres et de boire autant, sinon plus, que la veille et les jours précédents ?

Je sais qu'elle se méprise, qu'elle se déteste, cela aussi le docteur Ledoux me l'a dit. Pourtant dans un mois, dans deux mois, elle recommencera.

Il y a du jambon, du veau froid, du salami et de la langue. Je les étale sur un plat et je lave la salade que j'assaisonne. Je ne trouve pas de boîtes de soupe dans le placard où on les range d'habitude. Nous avons dû utiliser la dernière.

Tout à l'heure, quand mon père sera dans son bureau, je passerai l'aspirateur et donnerai un coup de chiffon humide dans la cuisine.

C'est mon père qui rentre le premier. Lui aussi est surpris de ne pas voir ma mère et de me trouver seule dans la cuisine.

— Maman ne se sentait pas bien et s'est couchée.

— Tu l'as vue ?

— Oui. Elle a téléphoné à Josselin pour qu'il apporte de quoi dîner.

Il a compris. Il ne monte pas. Il sait qu'il ne doit pas le faire.

C'est bien assez d'entrer dans la chambre, le plus tard possible, pour se coucher. Alors, tout au moins, elle fera semblant de dormir.

Pendant que mon père va lire son journal, Olivier rentre à son tour et ricane en me trouvant seule :

— Ne me dis pas que maman est partie, elle aussi.

Je lui en veux un tout petit peu de sa sévérité, rien qu'un tout petit peu, car j'imagine à quel point la situation doit être pénible pour un grand gosse comme lui.

Dire qu'il rêvait d'une moto, une vraie, une grosse machine comme on en voit passer le samedi et le dimanche, avec une fille derrière le conducteur ! Mon père, par peur des accidents, a toujours remis cet achat à plus tard.

Si le pauvre Olivier nous quitte et s'engage dans l'armée...

Voilà. Tout est en place. J'annonce que le dîner est servi. Je m'excuse de n'avoir pas eu le temps de faire de la soupe et je passe le plat de viandes froides à mon père.

Ils ne se parlent toujours pas, Olivier et lui. Ils ne se regardent pas non plus. Je reprends le plat et le passe à mon frère qui se sert une pleine assiettée.

— Maman m'a dit qu'elle a mangé, dis-je incidemment.

Ils savent, l'un et l'autre, comment cela se passe. Nous avons tellement l'habitude de la fiction que nous continuons à jouer le jeu, même quand elle n'est pas là.

— Comment est-elle ? questionne Olivier.

— Mal. Cela ira déjà un peu mieux demain.

Je me mets tout à coup à penser au professeur qui doit être occupé à dîner en face de sa fille. Dans l'appartement de la place Denfert-Rochereau aussi il y a une place vide à table, mais, là-bas, la place restera toujours vide.

A moins que Shimek ne se remarie…

Je rougis brusquement. Et je me demande si je ne viens pas de découvrir la raison pour laquelle, depuis quatre jours, il évite de me regarder.

S'imagine-t-il que la mort de sa femme m'a donné des espoirs et que je rêve qu'un jour il m'épouse ?

Cette idée me secoue tellement que j'ai envie de me lever, de marcher, de me tordre les bras, que sais-je ? C'est affreux. Une telle pensée ne m'a même pas effleurée.

Ne va-t-il pas maintenant m'éviter, me traiter de plus en plus en étrangère, par crainte que je réclame auprès de lui une place qui ne me revient pas ? Il sait qu'il est pour moi une sorte de dieu. Il devrait savoir aussi que je ne réclame rien, sinon un peu d'attention de temps en temps, un geste où il mette un tout petit peu de tendresse. Cela me suffit. Je n'en veux pas davantage.

Je crois que, s'il devenait amoureux à son tour, cela me ferait peur. J'ai besoin que ma vénération reste gratuite et, quand il lui arrive de ne pas m'adresser la parole de toute une journée, je ne lui en veux pas. Il a autre chose à penser qu'à une jeune fille romanesque.

Est-ce vraiment romanesque ? N'est-ce pas humain ? N'avons-nous pas tous plus besoin de donner que de recevoir ?

S'il s'est mis dans la tête que j'ai l'espoir…

Je suis sincère avec moi-même. Je sais que, s'il m'offrait de m'installer officiellement dans le grand appartement de la place Denfert-Rochereau, avec sa fille, je refuserais. Je ne m'y sentirais pas chez moi.

Je serais gauche, empruntée. J'aurais honte de mon amour, qui ne serait plus gratuit.

Je regarde les deux hommes à table. Ils ont tous les deux le même air buté et mon père ne se montre guère plus sage que son fils.

Peut-on espérer que, dans quelques jours, la vie reprendra comme par le passé ? Nous n'avons jamais vécu la vie d'une vraie famille, sauf peut-être quand nous étions petits. Chacun s'est presque toujours tenu dans son coin et les éclats de rire sont si rares dans la maison que je ne m'en souviens pas.

Il n'en reste pas moins qu'on se supportait plus ou moins, surtout quand maman n'était pas en neuvaine.

Maintenant, c'est presque de la haine qu'on sent entre les deux hommes. Mon père a honte de ce qu'il a fait et il ne pardonnera jamais à son fils de l'avoir humilié.

Quant à Olivier, on lui a sali sa première aventure, ce qu'il doit considérer comme son premier amour.

Ils se lèvent l'un après l'autre. Je dessers, remplis l'évier d'eau chaude pour laver la vaisselle.

Est-ce que des crises du même genre se produisent chez mes tantes, chez mon oncle ? Il n'est pas pensable que nous soyons les seuls, que nous constituions une exception.

La famille ne ressemble pas à ce qu'on nous enseigne, et le professeur lui-même, deux jours avant l'accident dont sa femme allait mourir…

Ce n'est pas à moi de m'en plaindre, ni de le lui reprocher.

Je voudrais tant que la vie soit belle et propre ! Propre surtout, sans petites haines, sans mesquines compromissions. Des gens qui se regardent en face, gaiement, et qui ont confiance dans l'avenir.

Quel avenir va se préparer mon frère, par exemple ? Car je suis sûre, à présent, qu'il ne continuera pas ses études. Il a avoué lui-même qu'il ne les avait commencées que pour faire plaisir à mon père.

Au fond, il est impatient de s'empoigner avec la vraie vie, comme il dit. Tant qu'il est dans la maison, il ne se sent pas libre malgré les éclats de ces derniers jours.

Et ils doivent être des centaines, des milliers comme lui, qui ont les mêmes aspirations vagues et qui hésitent sur la route à suivre.

Je doute que le service militaire lui fasse du bien. Là aussi, il devra obéir et il dépendra de tous ses supérieurs hiérarchiques, sans compter des anciens.

J'ai un tel cafard que, pour un peu, je m'assiérais sur une chaise et me remettrais à pleurer, la tête dans mon tablier.

Est-ce que mon frère parvient à étudier, seul dans sa chambre ? Est-ce que cela en vaut encore la peine ?

Je jurerais qu'il a peur de devenir un raté. Il voudrait s'affirmer, mais il ne sait pas dans quel domaine. Je me mets à sa place et souffre pour lui.

Moi, j'ai eu de la chance. J'aurais pu ne pas réussir mes examens, me décourager à cause de l'animosité d'un professeur. J'aurais pu devenir amoureuse d'un des garçons avec qui j'ai eu des rapports intimes. Au fond, ils ne me prenaient pas au sérieux. Ils se contentaient de profiter de l'occasion, se doutant peut-être que je ne faisais ça que pour me rassurer.

Je range les assiettes et les couverts. Je replie la nappe. Je vais chercher l'aspirateur dans le placard.

C'est un des rares soirs où on n'entende pas des voix étrangères dans la maison par le truchement de la télévision et cela donne une impression de vide.

Sans m'en rendre compte, je fais le ménage plus à fond que je n'en avais l'intention. J'en oublie l'heure. J'astique la cuisine dont je lave le carrelage à grande eau.

A certain moment, alors que je suis à genoux, je vois des jambes près de moi. C'est mon père qui me regarde faire avec étonnement.

— Tu sais l'heure qu'il est ?

— Non.

— Onze heures et demie.

— J'aurai fini dans un quart d'heure.

Il me touche la tête d'une main hésitante qui me rappelle la main du professeur quand il me tapote l'épaule, à Broussais.

— Je monte me coucher.

— Oui. J'en ferai bientôt autant.

J'ai tout le rez-de-chaussée pour moi seule et, tant que j'y suis, j'en profite pour faire le ménage dans le bureau de mon père.

Come si j'éprouvais le besoin de me sacrifier, ou de m'infliger une punition.

5

Ma mère n'a pas téléphoné au bureau de placement et cela vaut mieux. Dans l'état où elle est, elle
effrayerait les candidates éventuelles.

C'est moi qui appelle le boucher, puis Josselin,
pour leur dire que je passerai moi-même faire le
marché, afin qu'ils ne viennent pas sonner à la
porte.

Au fond, cela me fait du bien d'avoir à m'occuper
en rentrant de mon travail.

Le professeur a repris sa routine et passe plus de
dix heures par jour dans les laboratoires et dans son
bureau. Il a le visage creusé, le regard grave, aigu, et
ce regard recommence à se poser parfois sur moi.

Je n'ose pas lui sourire. Je détourne un peu la
tête, triste et mal à l'aise. Il me semble que je ne me
débarrasserai jamais de cette tristesse quasi physique
que je traîne avec moi comme une sorte de grippe.

En rentrant, je m'arrête à Givry-les-Étangs et
j'achète du foie de veau puis, chez Josselin, je fais
quelques provisions, du bacon et des œufs, du
beurre, des oranges, des pamplemousses. J'achète

aussi des poires et des pommes et je n'oublie pas les soupes en boîte. J'ai l'impression qu'on me regarde avec curiosité et je me demande ce que les gens de la localité pensent de nous.

Sur le seuil, je croise le gros Léon, à qui il arrivait déjà de me conduire dans son taxi quand j'étais enfant. Il est vraiment gros, mais d'une légèreté étonnante. Il plaisante du matin au soir et c'est une sorte de célébrité locale.

— Alors, mademoiselle Laure, est-ce que vous avez retrouvé cette fille ?

Sans réfléchir, je lui demande de qui il parle.

— Eh bien, votre espèce d'Espagnole. Il paraît que vous l'avez perdue.

— Elle est rentrée dans son pays.

— A moins qu'elle ne soit partie avec un amoureux ?

Le soir, je fais à nouveau le ménage et je monte nettoyer la mansarde de Manuela. Cela me gêne de toucher aux draps dans lesquels elle a dormi avec mon frère.

A un moment donné, j'ai besoin d'un chiffon. Pour ne pas descendre deux étages et les remonter, je vais voir si je n'en trouve pas au grenier où il y a un peu de tout.

J'y vois encore une carabine cassée de mon frère et un vélo devenu beaucoup trop petit pour lui. Mon ancien vélo est là aussi, les pneus à plat. Un jour, alors que je roulais dans un sentier, j'ai heurté un arbre et le docteur Ledoux a dû me faire plusieurs points de suture au cuir chevelu. Je vois aussi, cordes cassées, nos vieilles raquettes de tennis.

Je me dirige vers le mur du fond en me courbant, car le toit est en pente raide, et je suis surprise de ne pas trouver à sa place la vieille malle verte.

Elle a toujours été là, pleine de vieux linges, de bouts de tissus, et je ne crois pas qu'on s'en soit servi pour voyager depuis que je suis née. Elle doit dater du temps où mon père était en Algérie et où il changeait assez souvent de garnison.

Je ne trouve rien qui puisse me servir de chiffon et je descends en chercher dans la cuisine.

Quand je vais me coucher, les deux hommes sont déjà au lit et je m'endors presque tout de suite.

Le lendemain, lorsque je porte le café à ma mère, je la trouve mal en point, comme je m'y attends. C'est le second jour de sa cure, un des plus pénibles. Elle a le regard plus fixe que jamais comme si le monde, autour d'elle, n'existait pas et comme si toute son attention était concentrée sur ce qui se passe en elle.

Elle tient une main sur sa poitrine, qui est traversée de spasmes angoissants.

Il y a quelques années, cela m'impressionnait fort et je la croyais en train de mourir. Je me suis habituée, comme les autres, à la voir ainsi.

— Tu as pris ton médicament ?

— Oui.

— Dans une heure, ce sera passé.

Surtout quand elle aura avalé une bonne gorgée d'alcool. Son organisme proteste contre le sevrage qu'on lui impose.

— Est-ce que tu sais ce qu'est devenue la malle qui se trouvait au grenier ?

— Quelle malle ?

— Celle qui était contre le mur du fond. Une malle verte, avec une ligne jaune autour.

Elle soupire comme sous le coup de la douleur et j'ai l'impression qu'elle cherche à gagner du temps. C'est moi qui parais cruelle de lui poser une question si futile quand elle souffre.

— Je ne me souviens pas. Il doit y avoir si longtemps... Attends... Un brocanteur est passé, un jour, qui allait avec sa camionnette de villa en villa et de ferme en ferme pour racheter les fonds de grenier. Il est monté avec moi. Je sais que je lui ai vendu une table qui avait un pied cassé et les deux chaises à fond de paille. Il a dû emporter la malle aussi. Personne ne s'en servait plus. Il y a bien longtemps de cela.

Non. J'ai encore vu cette malle au grenier il y a moins d'un an, un jour que je suis allée chercher je ne sais quoi là-haut.

Ce qui me préoccupe, justement, c'est que ma mère ait éprouvé le besoin de mentir. Je vais prendre mon bain et je me dirige vers Broussais, où tout est clair et net et où, contrairement à ce qui se passe à la maison, chacun n'essaie pas de cacher quelque chose.

A cause de la malle ou du nettoyage que j'ai fait la veille, je pense à nouveau à Manuela et j'essaie de l'imaginer coltinant sa valise en imitation cuir jusqu'à la gare ou jusqu'à l'arrêt de l'autobus. Quelque chose ne colle pas dans cette explication.

L'après-midi, je demande à Mlle Neef si je peux m'absenter une heure et je me dirige vers l'avenue Paul-Doumer. L'immeuble, en pierre de taille, est cossu, avec de très hautes fenêtres et des plafonds

126

moulurés. Ce n'est pas une concierge que je trouve dans la loge mais un concierge en uniforme.

D'ailleurs, le mot loge ne convient pas. C'est un véritable petit salon que j'entrevois au-delà de la porte vitrée.

— M. et Mme Lherbier, s'il vous plaît…

Je sais leur nom par mon frère, et un ascenseur très doux, aux cloisons recouvertes de velours, me transporte au second étage. Je sonne et, après une assez longue attente, la porte m'est ouverte par une jeune fille qui répond à la description de Pilar : elle est petite et sèche, noiraude, avec de très grands yeux bruns et une bouche souriante.

— C'est pour qui ? demande-t-elle.

Son tablier minuscule et son bonnet sont en organdi brodé.

— Je voudrais vous parler un moment, mademoiselle.

— Nous n'avons pas le droit de recevoir dans la maison.

— Je pourrais peut-être demander la permission à votre patronne ?

— Je ne sais pas si…

Elle a le même accent que Manuela mais elle parle français mieux que celle-ci. Il doit y avoir assez longtemps qu'elle est en France.

Une porte s'ouvre. Une femme paraît, en manteau de vison, prête à sortir.

— Pilar…

Celle-ci se précipite et je les vois parler à voix basse en me regardant. Mme Lherbier finit par se diriger vers moi.

— Vous désirez, mademoiselle ?

— Je vous demande pardon de m'introduire ainsi chez vous. Notre bonne est une compatriote et une amie de Pilar. Elle a disparu il y a quelques jours et je voudrais m'assurer qu'il ne lui est rien arrivé.

— Pilar ! Vous pouvez, si vous en êtes capable, répondre aux questions de mademoiselle.

Elle s'assure d'un coup d'œil que rien ne manque dans son sac à main de crocodile et elle sort de l'appartement.

— Quand avez-vous vu Manuela pour la dernière fois ?

— Mercredi de la semaine dernière.

— Vous avez passé l'après-midi avec elle ?

— Oui. C'est mon jour. Le matin, je dors, et l'après-midi nous courons les magasins, Manuela et moi, ou nous allons au cinéma. Nous sommes allées au cinéma. Ensuite elle avait un rendez-vous mais nous nous sommes retrouvées.

— Vous avez dîné avenue de Wagram, dans un petit restaurant où vous allez souvent ?

— Comment le savez-vous ?

Il y a une banquette recouverte de velours vert et nous nous y asseyons, Pilar non sans timidité.

— Manuela nous a dit qu'elle dînait presque toujours avec vous avenue de Wagram avant d'aller danser chez *Hernandez*...

— C'est vrai.

— Vous êtes allées chez *Hernandez* ?

— Oui.

— Vous y avez beaucoup d'amis ?

— J'y connais presque tout le monde. Il n'y a que des Espagnols, y compris les garçons et les musiciens. Mon ami est un des musiciens. C'est pour cela que je reste toujours jusqu'à la fermeture.

— Et Manuela ? Elle avait un ami aussi ?

— Elle avait beaucoup d'amis.

— Vous voulez dire des amoureux ?

— Elle en changeait souvent, vous comprenez ? Elle était très gaie. Ce n'était pas la fille à s'accrocher à un homme.

— Comment rentrait-elle à Givry ?

— Parfois par le dernier bus. Il arrivait aussi qu'un de nos camarades ait une voiture. C'est arrivé le dernier mercredi. Nous étions cinq ou six, y compris José. José, c'est le musicien. Nous nous sommes entassés dans une petite auto et nous avons chanté tout le long du chemin.

— Manuela était gaie ?

— Comme toujours.

— Elle n'a pas parlé de son intention de quitter sa place ?

— Non. Elle était contente. Elle était toujours contente.

— Elle ne projetait pas non plus de rentrer en Espagne ?

— Sûrement pas. Sa mère est morte il y a dix ans. Son père a une toute petite terre et c'est elle qui devait s'occuper de ses sept frères et sœurs. Elle a toujours rêvé de venir à Paris. Quand elle a obtenu ses papiers, elle s'est enfuie de chez elle, car son père ne l'aurait pas laissée partir.

Je cherche à préciser l'image de Manuela, qui commence déjà à être un peu différente de celle que je connaissais.

— Elle vous a parlé de mon frère ?

— Olivier ?

— Vous savez même son prénom !

— Il est tout jeune, n'est-ce pas, tout naïf. Elle prétend qu'il n'avait jamais fait l'amour et qu'il avait terriblement peur d'être ridicule.

Elle rit, d'un rire de gorge, comme Manuela.

— Il voulait l'épouser ?

— Il lui jurait, en tout cas, que c'était sérieux, et insistait pour qu'elle n'aille plus danser chez *Hernandez...* Il était jaloux...

— Et mon père ?

— Elle m'a raconté ce qui s'est passé. C'était très drôle.

— Pourquoi ?

— Je vous demande pardon. Vous savez, Manuela ne prenait rien au sérieux et nous avions l'habitude de tout nous raconter.

— Mon père ne lui a pas proposé de quitter la maison ?

— Si.

— Il voulait l'installer dans un petit appartement ou dans un studio, n'est-ce pas ?

— Je n'osais pas vous le dire. Lui aussi, on aurait dit que c'était la première fois qu'il avait une maîtresse.

— Elle n'a pas accepté ?

— Bien sûr que non.

— Pourquoi ?

— C'est difficile à dire. Cela ne peut mener à rien, vous comprenez ?

— Cela ne vous a pas surprise de ne pas avoir de ses nouvelles ?

— Si.

— Qu'est-ce que vous avez pensé ?

— Qu'elle avait un nouvel ami. Qu'elle avait peut-être changé de place.

— Vous êtes sûre qu'elle n'a jamais parlé de retourner dans son pays ?

— Jamais !

— Elle vous a parlé de ma mère ?

— Elle n'est pas... elle n'est pas comme une autre, n'est-ce pas ?

Elle avait failli prononcer le mot folle.

— Personne, chez *Hernandez*, n'en sait plus que vous ?

— Je n'y suis retournée qu'hier. Ils ont été surpris de me voir seule. Je savais déjà qu'elle n'était plus à Givry.

— Comment l'avez-vous appris ?

— Nous avions l'habitude de nous téléphoner à peu près tous les deux jours. J'ai fini par avoir votre mère au bout du fil et elle m'a annoncé que Manuela était partie pour l'Espagne. Je me suis dit que c'était une excuse qu'elle avait donnée pour quitter ses patrons.

— Elle ne vous aurait pas fait signe ?

— Je ne comprends pas.

— Vous étiez vraiment très intimes ?

— Elle me disait tout. J'étais la seule fille qu'elle connaissait à Paris. Quant aux garçons, elle riait avec eux, faisait l'amour, mais elle n'allait pas leur dire ce qu'elle pensait.

— Je vous remercie, Pilar.

— Vous êtes inquiète, mademoiselle ?

— Je ne sais pas. Elle a pu avoir de bonnes raisons pour disparaître. La proposition de mon père était assez tentante.

Si je ne sentais pas le professeur assez loin de moi, je lui en parlerais et il me donnerait peut-être un conseil. Je n'ose pas. Quand aux autres laborantines, ce sont des problèmes qui ne les ont jamais effleurées.

Je suis de plus en plus troublée, je l'avoue. J'en ai un peu honte. Il y a des moments où je me dis que je me fais des idées, que j'ai tendance, comme ma mère, à tout dramatiser.

Si ma mère attend d'avoir terminé sa cure pour téléphoner au bureau de placement, j'en ai pour une bonne semaine encore à faire la cuisine et le ménage.

Elle continue à ne pas prendre de vrais repas, à être toujours couchée quand l'un de nous rentre à la maison. Ce n'est que quand elle est seule qu'elle descend, vacillante, et qu'elle cherche quelque chose à manger dans le réfrigérateur. Sans doute aussi lui arrive-t-il de prendre une nouvelle bouteille à l'endroit où elle cache sa provision. N'est-ce pas curieux que nous n'ayons jamais trouvé cet endroit-là ? Elle est, dans ce domaine, d'une habileté surprenante.

Je monte la voir en rentrant, après m'être encore arrêtée à Givry pour acheter de la viande et des légumes. Elle ne lit pas. Elle ne dort pas non plus, bien que ses yeux soient fermés.

— C'est toi ? murmure-t-elle d'une voix faible.

— Oui. Comment te sens-tu ?

— Mal.

— Tu as beaucoup souffert ?

Elle ne répond même pas. N'est-ce pas évident ?

— Il n'est venu personne ?

— Je n'ai pas entendu la sonnette.

— Pas de coups de téléphone ?

— Non.

— Quand Pilar t'a téléphoné…

— Qui est-ce ?

— Une amie de Manuela…

— Une Espagnole m'a appelée. Elle voulait parler à Manuela. Je lui ai répondu qu'elle n'était plus ici. Elle m'a demandé où elle était allée et je lui ai dit qu'elle était retournée dans son pays.

— Tu es sûre que Manuela t'a dit ça ?

— Oui. Je n'ai pas l'habitude de mentir.

C'est faux. Elle ment d'instinct. Ou bien elle déforme tellement la vérité qu'on ne s'y retrouve plus.

— Elle a appelé un taxi ?

— Je ne sais pas.

— Tu n'as pas entendu si elle téléphonait au gros Léon ou à l'autre chauffeur ?

— Non. Je ne me sentais pas bien. Je me rendais compte que ton frère allait faire une scène.

— Et papa ?

— Ton père aussi. Les hommes sont fous. A peine une fille est-elle entrée dans la maison qu'ils se mettent à tourner autour comme des mouches.

— Ce n'est pas toi qui l'as conduite à la gare ou à l'arrêt du bus ?

— Non. Il n'aurait plus manqué que ça ! Puisqu'elle désirait s'en aller, elle n'avait qu'à se débrouiller, non ?

Ma mère semble avoir retrouvé une certaine énergie.

— Je t'ai dit que je ne me sentais pas bien. Je suis montée et je me suis étendue. Je crois que j'ai entendu la porte se refermer bruyamment. J'avais une mauvaise crise.

Je ne sais pas jusqu'à quel point elle ment mais tout n'est certainement pas vrai dans ce qu'elle affirme.

— Pourquoi me poses-tu ces questions ? Ce n'est pas assez que je sois dans mon lit, que ton père et ton frère ne s'adressent plus la parole, que nous soyons sans personne pour faire le travail et que je sois seule dans la maison toute la journée ?

Elle est plus amère que jamais.

— N'aie pas peur. Je vais me rétablir. Et, dans quelques jours, tu n'auras plus à t'occuper de rien. C'est moi qui ferai le ménage en attendant que je trouve quelqu'un.

Je suis déçue, un peu écœurée. Elle parvient, par Dieu sait quels moyens, à me donner mauvaise conscience. J'ai juste le temps de préparer le dîner et de mettre un peu d'ordre au rez-de-chaussée. Mon père me trouve en train de mettre la table et il me dit un vague bonjour en faisant mine de gagner son bureau.

— Père.

— Oui ?

— Je voudrais te poser une question. C'est très important. Excuse-moi de me mêler de ce qui ne me regarde pas. Tu as proposé à Manuela de l'installer à Paris, n'est-ce pas ?

— Qui t'a dit ça ?

— Son amie, Pilar, à qui elle ne cachait rien.

— Et tu crois ces deux filles ?

Je le regarde en face, la lèvre frémissante, car je ne me sens pas sûre de moi et c'est la première fois que j'affronte ainsi mon père. C'est drôle. Je le regarde un peu, aujourd'hui, comme je regarderais un étranger et je le sens fuyant, prêt à mentir, lui aussi.

— Je les crois.

— Et si même c'était vrai ?

Il est humilié, malheureux, à la recherche d'une attitude digne qu'il ne trouve pas.

— Ce serait ton droit, évidemment. Ta vie privée ne me regarde pas.

Il fixe le plancher.

— Ce que j'ai besoin de savoir, parce que cela nous intéresse tous, c'est ce qu'elle est devenue.

Il se tait. Il attend.

— Tu n'es pas venu ici la chercher pour la conduire à Paris ?

— Non.

— Tu ne l'as pas attendue quelque part sur la route ?

— Je te répète que non.

— Et tu n'as pas la moindre idée de l'endroit où elle se trouve ?

— C'est plutôt à ton frère qu'il faudrait poser la question. Ou alors à ta mère, qui est fort capable de l'avoir jetée à la porte.

— Je te remercie…

Lui non plus n'est pas franc et Olivier nous surprend en un tête-à-tête embarrassant. Il nous regarde tour à tour, méfiant. Dans la maison, maintenant, chacun se méfie des autres.

— On ne mange pas ?

— Tu es pressé ?

— Oui. J'ai rendez-vous avec un ami.

Il ne nous donne jamais de précisions sur ses amis et ils ne viennent pas le voir à Givry. Est-ce parce qu'il a honte de maman ? Il y a toute une partie de sa vie dont nous ne savons rien. Il va, il vient, part à des heures différentes, rentre dîner ou non, monte parfois se coucher sans venir nous dire bonsoir au salon.

Peut-être n'est-ce qu'un moyen naïf de se prouver à lui-même son indépendance ?

— Avec qui es-tu sorti, Olivier ?

— Des copains.

— De la Faculté des sciences ?

— Peut-être. Je ne leur ai pas demandé.

— Tu ne t'es pas fait d'amis, là-bas ?

— La plupart sont snobs. Ou bien, comme nous, ils habitent assez loin de Paris.

— Il n'y en a pas de Versailles ou des environs ?

— Je ne sais pas.

J'ignore s'il fréquente les dancings et même s'il sait danser. Quant aux filles, il en est encore moins question.

— J'ai vu Pilar.

— Où cela ?

— Chez ses patrons. J'ai vu sa patronne aussi.

— Pour quoi faire ?

— La patronne sortait justement. Elle m'a permis de poser quelques questions à sa femme de chambre.

— Qu'est-ce que Pilar t'a dit ?

— Comme à toi. Elle ne croit pas que Manuela soit retournée dans son pays. Elle l'a peut-être dit, pour ne pas avouer qu'elle en avait assez de la maison.

— Elle m'en aurait parlé.

— Tu en es sûr ?

— Certain.

J'en suis moins certaine que lui et, quelques minutes plus tard, nous sommes une fois de plus assis autour de la table ronde, sans nous adresser la parole.

J'ai commencé le ménage, comme les jours précédents. La disparition de Manuela continue à me tracasser et tout à coup, vers dix heures, je décide d'aller me renseigner chez *Hernandez*. Mon frère est sorti. Je frappe à la porte du bureau. J'annonce à mon père :

— Je sors une heure.

— N'oublie pas ta clef.

Il ne pleut pas mais il fait froid. J'arrive avenue des Ternes et je suis obligée de me renseigner. Les premières personnes que je questionne ne connaissent pas l'établissement. C'est un agent qui me dit :

— A cent mètres d'ici environ, à gauche, entre un marchand de chaussures et une pâtisserie, vous trouverez une impasse. C'est au fond.

Je laisse mon vélomoteur dans l'avenue et je m'avance, l'air peu féminin dans mon anorak. Le bal est annoncé par une enseigne lumineuse bleue et rouge et, devant l'entrée, quelques hommes, par petits groupes, fument une cigarette et apostrophent les femmes qui passent. Tous parlent l'espagnol. La plupart portent des chemises de couleur vive.

Certaines des interpellées répondent sur le même ton. D'autres rougissent et se précipitent vers l'entrée. Une grosse boule pend au plafond, faite de petits morceaux de miroir qui reflètent la lumière des projecteurs. Cette boule tourne lentement au-dessus des danseurs, dessinant des carrés lumineux sur les visages et sur les murs.

Ceux-ci sont blancs. Il y a deux rangs de tables autour de la piste et les nappes sont en papier.

Presque toutes les places sont occupées et, après m'être plus ou moins repérée, je me dirige vers le bar où il n'y a que quelques hommes.

— Je peux avoir un jus de fruit ?

— Avec plaisir, répond le barman.

Il adresse un clin d'œil aux autres. Je suis sans doute la seule Française dans la salle et ils échangent des plaisanteries dans leur langue.

— Vous connaissez une jeune fille qu'on appelle Manuela Gomez ?

— Si, señorita. Oui, mademoiselle.

— Elle est ici ?

— Nous sommes mercredi ?

— Non. Jeudi.

— Elle ne vient que le mercredi avec la señorita Pilar.

Chacune de ses phrases est saluée par les rires ou les sourires des autres.

— Elle est venue hier ?

— Comment ?

— Hier, c'était mercredi. Elles sont venues toutes les deux ?

— Non, mademoiselle. Seulement la señorita Pilar.

Je ne sais pas ce qu'il y a de drôle dans ses réponses. Cela doit être le ton qui les fait tous s'esclaffer. Nous avons l'air de faire un numéro plus ou moins comique.

— Vous ne savez pas où elle est partie ?

— La señorita Pilar ?

— Non, Manuela.

Je commence à m'impatienter.

— Oh ! Vous parlez de Manuela. Belle fille, Manuela.

— Est-ce que quelqu'un, ici, sait où elle est allée ? Est-ce qu'elle avait un ami ?

— Beaucoup d'amis, mademoiselle.

Il prononce *mademezelle* et souligne chaque fois le mot.

— Beaucoup, beaucoup d'amis.

— Je veux dire : est-ce qu'elle voyait quelqu'un en particulier ?

— Beaucoup en particulier.

Ce n'est pas possible de continuer. Je n'apprendrai rien et ils se moquent de moi de plus belle.

— Danser, mademoiselle ?

— Merci. Il faut que je parte.

Je paie. Ils essaient de me retenir.

— Un verre de cognac espagnol ?

Je réponds n'importe quoi et je me faufile vers la sortie. Il me reste à me débarrasser des petits groupes qui se tiennent dehors.

Je ne sais rien de plus que quand je suis venue, sinon que Manuela était très populaire chez *Hernandez* et qu'elle n'était pas farouche avec les hommes. Je m'en doutais déjà. Lorsque j'arrive au

coin de l'impasse je me jette presque contre quelqu'un qui s'avance à grands pas et au moment où
j'ouvre la bouche pour m'excuser je reconnais mon
frère.

— Qu'est-ce que tu fais ici ? me demande-t-il,
devinant certainement la réponse.

— J'ai essayé d'avoir des nouvelles de Manuela.

— Tu as obtenu des renseignements ?

— Non. Ils se sont moqués de moi. Elle n'est pas
venue hier.

— Tu es inquiète ?

— Je ne sais pas. Je serais plus tranquille si je
savais où elle se trouve. Je n'aime pas ce mystère qui
entoure son départ.

— Tu sais ce que je fais, moi, en ce moment ?

— Non.

— Voilà deux jours que je sèche mes cours et
que je suis notre père du matin au soir. Je me dis
qu'il ira fatalement la rejoindre à un moment ou à
un autre et que c'est le seul moyen d'avoir son
adresse.

» Jusqu'à présent, il se contente d'aller à son
bureau, de déjeuner seul dans un petit restaurant
voisin, de retourner à son travail puis de revenir à la
maison.

— Il ne s'est pas aperçu que tu le suis ?

— Je ne crois pas. Et, si même il s'en aperçoit,
cela m'est égal. Au point où nous en sommes, lui et
moi...

— Tu vas chez *Hernandez* ?

— J'y allais. Je vais quand même y faire un tour,
à tout hasard, mais je doute d'avoir plus de succès
que toi.

— Ne bois pas trop.

— Je n'ai rien bu aujourd'hui, qu'un verre de bière.

— Bonsoir.

— Bonsoir.

Nous ne nous embrassons pas. Nous n'avons pas été habitués, à la maison, aux manifestations d'affection. Pourtant nous nous aimons bien, mon frère et moi. Je me fais beaucoup de mauvais sang au sujet de son avenir et je voudrais tant qu'il soit heureux !

Sans cette fille...

Voilà que je me mets à penser comme ma mère et à tout mettre sur le dos de Manuela. Est-ce sa faute, à elle, si Olivier lui a fait la cour, et dois-je lui reprocher de lui avoir accordé le plaisir qu'il suppliait qu'on lui donne ?

Pour mon père, c'est un peu différent. Elle aurait pu...

Pourquoi ? Je me mets à sa place. J'entends encore la voix du barman, le rire des hommes entourant le bar. J'ai eu l'impression qu'ils avaient eu à peu près tous des rapports assez intimes avec elle.

Elle était gaie. Elle aimait la vie. Elle aimait l'amour. Elle voulait que chacun soit heureux...

Pourquoi pas mon père, qui oubliait sa dignité pour supplier, lui aussi ?

Non. Je n'ai pas le droit de lui en vouloir. C'est l'atmosphère de la maison qui est responsable.

Je ne sais plus. Je ne veux plus y penser. Mon père est monté quand je rentre et je fais encore un peu de ménage avant de me mettre au lit.

Le lendemain, je suis lasse, mal en train. Comme d'habitude mon père descend le premier prendre son petit déjeuner et il me jette à la dérobée de brefs coups d'œil.

— Tu ne te sens pas bien ?

— C'est la fatigue.

— Il faudrait nous mettre en quête d'une bonne. Tu ne peux pas continuer à tout faire.

— C'est inutile d'en engager une tant que maman n'est pas rétablie.

— Comment va-t-elle ?

Il a dormi avec elle mais ils n'ont pas échangé un mot. Le soir, comme le matin, elle a certainement gardé les yeux fermés. De sorte que c'est à moi qu'il demande de ses nouvelles.

— Elle souffre. Les trois premiers jours sont difficiles.

— Elle mange un peu ?

— Elle descend pour prendre de la nourriture dans le réfrigérateur. Elle attend que je ne sois pas dans la maison.

— Elle t'a parlé de Manuela ?

— Je l'ai questionnée.

— Qu'est-ce qu'elle dit ?

— Qu'elle ne sait rien. Ce qu'elle nous a déjà dit le premier jour. Que Manuela lui a annoncé qu'elle retournait chez elle.

— Tu la crois ?

— Non. J'ai vu Pilar, son amie. Pilar m'assure que c'est impossible que Manuela soit rentrée en Espagne... Elle s'est enfuie de chez elle parce qu'elle devait s'occuper de son père et de ses sept frères et sœurs. Elle n'avait jamais un moment de liberté.

— Qu'est-ce qui a pu lui arriver ?

Au moment où mon père me pose cette question comme s'il se la posait à lui-même, je pense à la malle verte. J'ouvre la bouche. Je suis sur le point d'en parler.

Mais non. Je suis en train de bâtir une histoire sinistre et mon père ne ferait que hausser les épaules.

C'est le tour de mon frère de descendre.

— Tu as été plus heureux que moi chez *Hernandez* ?

— Je me demande encore comment je m'en suis tiré. Je suis allé au bar. J'ai parlé de Manuela et ils ont tous éclaté de rire Je me retenais pour ne pas me fâcher, car je ne pouvais pas me battre contre une douzaine d'adversaires. D'ailleurs, j'aurais eu toute la salle contre moi. Ils m'ont parlé d'une demoiselle qui avait posé les mêmes questions que moi et ils se donnaient des coups de coude.

— La demoiselle, c'était moi.

— C'est ce que j'ai compris.

— Il faut que je me dépêche si je veux rattraper mon père. Cela m'étonnerait, il est vrai, qu'il lui rende visite de si bonne heure le matin.

— Je crois que tu fais fausse route, Olivier.

— Je commence à le penser aussi. Maintenant que j'ai commencé, je veux aller jusqu'au bout. Faire ça ou suivre des cours que je ne continuerai de toute façon pas…

Mes collègues ont remarqué que, depuis quelques jours, je suis plutôt sombre, mais elles se trompent sur les causes véritables de mon humeur. Au réfectoire, pourtant, je m'efforce de me mêler à la conversation d'un petit groupe que nous formons.

C'est vers cinq heures que j'ai soudain une grande joie. Je suis occupée dans le laboratoire quand quelqu'un s'arrête derrière moi et je tressaille en entendant la voix du professeur.

— J'aurai besoin de vous tout à l'heure. Ne partez pas.

Je me retourne, tremblante de reconnaissance, mais il s'éloigne sans me regarder. Peu importe. Il m'a fait signe. Il m'a demandé de rester.

Je compte les minutes et j'ai toutes les peines du monde à me concentrer sur mon travail. Quand la sonnerie annonce qu'il est six heures, la plupart de mes collègues vont se changer pour partir. Quelques-unes restent plus tard pour finir leur besogne.

Ce n'est qu'à six heures et demie que je me trouve seule dans le petit laboratoire où Shimek vient me rejoindre.

— Vous avez soigné Joseph ?

— Oui.

— Son pouls ?

— Normal.

— Sa tension artérielle ?

— Toujours la même.

— Sortez-le-moi, voulez-vous ? Vous pourrez le tenir seule ?

— Il est habitué à moi.

— On dirait qu'il ne se produit aucun phénomène de rejet...

Il n'ose pas encore se réjouir car le succès de l'expérience serait tellement inespéré ! Le stéthoscope toujours à la main, il continue, penché sur le chien, de la même voix qu'il vient d'employer :

— Vous m'avez beaucoup manqué.

Je n'ose rien dire.

— Je ne m'attendais pas à ce que vous vous éloi-
gniez de moi comme vous l'avez fait.

— Je me suis éloignée ? C'est cela que vous avez
cru ?

— Depuis plus d'une semaine, vous ne me
regardez plus en face et vous ne venez jamais vers
moi.

— Parce que je n'ose pas m'imposer.

— Vous dites la vérité ?

— C'est moi, au contraire, qui souffrais de ne
pas pouvoir vous approcher. J'ai cru que vous m'en
vouliez.

— De quoi ?

— Je ne sais pas. J'aurais pu vous fatiguer.

— Remettez le chien dans sa cage.

Il me suit des yeux, le visage grave.

— Je n'arrive pas à croire que je me suis trompé.
Voyez-vous, c'est dans des moments comme ceux
que je viens de passer qu'on sent le prix d'une véritable amitié.

Je dis malgré moi, avec ferveur :

— J'aurais tellement voulu...

— Quoi ?

— Je ne sais pas. Vous consoler. Non, c'est trop
prétentieux. Vous entourer d'un peu de chaleur
humaine. J'ai pensé à vous tout le temps. Je vous
imaginais seul avec votre fille.

Il me regarde, surpris, encore un peu incrédule.

— C'est vrai que... ?

Il tend ses deux mains et prend les miennes qu'il
serre vigoureusement, au point de me faire mal.

— Merci. Je vous crois. C'est drôle. Nous nous sommes trompés chacun sur le compte de l'autre. Cela n'arrivera plus.

Il a le tact de ne pas m'embrasser, d'en rester là, de me regarder avec une sorte de reconnaissance et de me dire d'une voix faussement paternelle :

— Vous devez avoir faim. Courez vite dîner.

— Et vous ?

— Ce soir, j'ai un rapport à rédiger. J'ai apporté un sandwich et un thermos de café.

Je ne lui propose pas de rester. Je sais que quand il rédige un rapport il tient à être seul et même sa secrétaire n'a pas accès à son bureau.

— Bon travail, dis-je.

Mes yeux, tout mon visage sourient. Tout mon être est soulagé et je descends l'escalier en sautillant au lieu de prendre l'ascenseur.

Un malentendu ! Il n'y a eu, entre nous, qu'un malentendu ! Chacun, comme il l'a souligné, s'est mépris sur le compte de l'autre.

J'y pense toujours en roulant à vélomoteur et en sortant de Paris. Une idée me vient tout à coup à l'esprit. Si un malentendu de ce genre a pu se produire entre le professeur et moi, il peut se produire entre d'autres hommes, il se produit certainement des centaines de fois par jour.

Qu'est-ce qui me prouve que ce n'est pas ce qui se passe entre nous et ma mère ? Je dis nous parce que je sais que mon père et mon frère partagent plus ou moins mes sentiments.

Toutes ses attitudes, qu'elle soit en neuvaine ou non, nous irritent. Il y a longtemps que nous la considérons comme une malade mentale, à un degré assez léger peut-être, mais comme une malade, et plusieurs fois j'ai pensé sérieusement à appeler un psychiatre.

Tout comme le professeur, n'est-ce pas elle qui pendant ce temps a attendu un geste, un regard de nous ?

Je n'osais pas le regarder en face. Je craignais qu'il ne pense que je me réjouissais de voir la place libre auprès de lui. Cela aurait été monstrueux de ma part. Je me tenais à l'écart, attendant un signe.

Et lui, de son côté, espérait un encouragement de ma part.

Il a fini par avoir le courage de parler et le malentendu est dissipé.

Avons-nous jamais parlé franchement, ma mère et nous ? Lui avons-nous dit ce que nous avons sur le cœur ? Ne l'avons-nous pas traitée comme si elle était en marge de la famille ?

C'est à cause d'elle, plus ou moins, que je n'ai jamais amené de camarades à la maison et qu'Olivier n'invite pas ses amis. Mon père, de son côté, ne fréquente personne.

Nous avons honte. Nous nous attendons à ce qu'elle se montre désagréable ou extravagante.

Ne le sait-elle pas ? N'y a-t-il pas longtemps qu'elle l'a compris et qu'elle se ronge ? N'est-ce pas une des raisons de ses neuvaines ?

Nous la laissons seule toute la journée. Dès le matin, nous nous envolons l'un après l'autre sur nos vélomoteurs et il est rare que l'un d'entre nous rentre déjeuner. Le soir, nous nous mettons à table sans lui demander comment elle a passé la journée.

Après quoi mon père s'enferme dans son bureau, mon frère s'en va ou monte dans sa chambre.

Qui a commencé ? Je me le demande sérieusement mais cela remonte trop loin dans le passé pour que je trouve une réponse.

S'il y a un malentendu à la base, tout ce que je pense d'elle est faux et j'ai des remords. Je voudrais lui donner la chance de vivre avec nous, de vivre comme dans une vraie famille, avec des rapports confiants, affectueux entre les uns et les autres.

Le professeur m'a serré les deux mains en me regardant bien en face, d'un regard encore triste mais plein de tendresse humaine. Je suis heureuse. Je voudrais que tout le monde soit heureux.

Quand j'arrive à la maison, mon père et mon frère sont à table et mangent une omelette. Dans la cuisine, j'aperçois des assiettes à soupe.

— Qui a préparé le repas ?

— C'est moi, murmure mon frère comme s'il avouait une faute. J'ai ouvert une boîte de soupe aux pois et cassé une demi-douzaine d'œufs dans un bol.

— Quelqu'un est monté voir maman ?

Ils me regardent tour à tour avec l'air de dire qu'ils n'y ont pas pensé.

— Je vais voir si elle n'a besoin de rien.

Je monte, je frappe, j'ouvre la porte. Elle est assise dans son lit et me regarde entrer, le visage impassible.

— Qu'est-ce que tu veux ? demande-t-elle. Tu viens encore m'espionner ?

— Mais non. Je venais voir si tu n'as besoin de rien.

— Je n'ai besoin de rien.

— Personne n'est venu ? Personne n'a téléphoné ?

Elle ricane :

— J'oubliais que, même malade, je dois garder la maison !

Ses yeux sont durs, sa voix pleine de rancœur. Je pense qu'il a fallu des années de déceptions pour en arriver là.

A-t-elle jamais été heureuse ? Même enfant, ses frère et sœurs ne se moquaient-ils pas d'elle parce qu'elle était laide ?

Est-ce tellement faux de prétendre que mon père l'a surtout épousée parce qu'elle était la fille de son colonel ?

L'a-t-elle soupçonné dès le début ? Ses yeux se sont-ils ouverts avec le temps ?

Depuis ma naissance je vis avec elle et je m'aperçois tout à coup que je ne la connais pas. Quand j'ai été à même de la juger, ou plutôt quand j'ai eu la prétention de la juger, elle était déjà comme aujourd'hui et je n'avais aucun moyen de connaître le passé.

— Tu n'as pas faim, maman ?

— Tu sais bien que quand on souffre on n'a pas faim.

— Il n'y a rien que je puisse faire pour toi ?

Je suis maladroite, évidemment. On ne change pas ainsi d'attitude du jour au lendemain, du matin au soir.

— Qu'est-ce qui t'arrive ? remarque-t-elle, sarcastique.

— J'ai beaucoup pensé à toi aujourd'hui.

— Vraiment ?

— J'ai pensé que nous te laissions trop seule.

— Eh bien, maintenant, je te demande justement de me laisser seule.

— Je voudrais encore te dire que je t'aime bien.

— Parbleu !

Il vaut mieux que je m'en aille. Je lui fais plus de mal que de bien. Je me sens maladroite, ridicule.

— Bonne nuit.

Elle ne répond pas. Elle allume une cigarette. Elle porte, sur sa chemise de nuit, une liseuse d'un bleu passé qui souligne la noirceur de ses cheveux et de ses yeux.

Elle ne serait pas vraiment laide si...

Il ne faut plus que je pense. Je finis par embrouiller mes idées et je pénètre dans la cuisine pour me faire à mon tour une omelette.

Mon frère monte chez lui, mon père entre dans son bureau et, machinalement, comme le fait ma mère d'habitude, je tourne le bouton de la télévision.

6

Le professeur ne m'a pas parlé, ne m'a pas demandé non plus de rester après l'heure, mais nos regards se sont rencontrés plusieurs fois au cours de la journée. Je suis persuadée qu'une sorte de complicité est née, en même temps que ce que je pourrais appeler une certaine paix de l'âme.

Je sais que, quoi qu'il m'arrive et qu'il lui arrive, aucun homme ne tiendra jamais dans ma vie la place qu'il occupe. Je ne lui demande rien. C'est peut-être ce qui m'exalte le plus. Je voudrais être celle qui donne et qu'il se contente d'accepter.

Il y a longtemps que mes collègues savent qu'il y a quelque chose entre nous. Elles se regardent d'un air entendu quand elles partent le soir et qu'elles me voient rester, et elles ont malgré elles un coup d'œil ironique au cagibi où se trouve le lit de camp.

Elles n'ont rien compris et je ne leur en veux pas. J'éprouve encore moins le besoin de leur expliquer ce qui n'est qu'une vérité toute simple. Enfant, j'ai vu passer des processions, des hommes et des femmes suivant le saint sacrement en tenant un cierge allumé, et je me souviens de certains visages illuminés d'une joie totale, de regards qui ne voyaient pas les réalités d'alentour mais qui étaient fixés sur quelque vision inaccessible aux autres.

Je me sens un peu comme ces fidèles-là et je brave tranquillement les sourires narquois de mes compagnes.

Est-ce que Shimek se rend compte de la place qu'il tient dans ma vie ? Est-il possible qu'il sente que c'est un don absolu et que, sans cette dévotion, je n'existe plus ?

Je suis entrée en amour comme on entre en religion et c'est pourquoi, sans doute, je n'appartiens plus tout à fait à la maison. Je prépare le petit déjeuner. Je fais le dîner. Je mets de l'ordre et je passe l'aspirateur. Ce ne sont que des gestes extérieurs qui ne font pas partie de mon existence intime.

Aujourd'hui encore, je m'arrête chez Josselin pour acheter de quoi dîner, et je suis surprise d'y voir Mme Rorive qui fait quelques emplettes tout en bavardant. Elle se tait dès qu'elle m'aperçoit et je soupçonne qu'elle parlait de moi ou de mes parents.

— Je suis heureuse de vous voir. Il n'y a personne de malade chez vous, au moins ?

Je n'ai pas le don de seconde vue, mais je jurerais qu'elle n'est ici que parce qu'elle sait que les derniers jours j'y passe à la même heure, en revenant de mon travail.

— Ma mère n'est pas très bien.

— Elle est au lit ?

— Oui. Ce n'est pas inquiétant. Toujours ses migraines.

— C'est tellement douloureux ! J'ai une sœur qui en souffre aussi et qui, quand ça lui prend, n'oserait même pas traverser la rue.

Elle a fini ses achats. Son filet à provisions est sur le comptoir à côté d'elle mais elle ne fait pas mine de s'en aller.

Elle est en mauve, la couleur qu'elle préfère, sans doute parce qu'elle la trouve distinguée. Ses cheveux blancs ont des reflets mauves aussi, son teint mauve, avec un peu de rouge effacé sur les joues.

— Vous me donnerez quatre pots de rillettes, quatre tranches de pâté et deux douzaines d'œufs.

— Vous savez, je m'inquiétais un peu. Aujourd'hui, pour la troisième fois, je suis allée chez vous avec M. Rorive et personne n'a répondu à notre coup de sonnette.

Comme beaucoup de commerçants qui ont passé une grande partie de leur vie derrière un comptoir, chacun appelle l'autre par le nom de famille précédé du monsieur ou du madame.

— Vous n'avez plus votre bonne ?

— Elle est partie.

— Et avec ça, mademoiselle Le Cloanec ?

— Vous avez ajouté un peu de persil ?

— Oui.

Mme Rorive sort avec moi.

— Vous ne voudriez pas venir prendre une tasse de thé ou de café au lait et manger un petit gâteau avec moi ?

Il y a une pâtisserie en face, avec de petites tables blanches autour desquelles les dames de la localité vont manger des gâteaux en bavardant. Je suis inquiète de ce qu'elle m'a dit au sujet de ses trois visites à la maison. Elle est presque aussi au courant de nos habitudes que nous-mêmes, car elle passe une partie de son temps derrière ses rideaux. Elle n'ignore pas que mon père et mon frère ne rentreront pas avant une heure.

Je la suis, résignée.

— Thé ou café au lait ?

— Du café sans lait, s'il vous plaît.

— Une tranche de cake ?

— Avec plaisir.

— Je ne devrais pas manger de gâteaux, car je suis assez grosse comme ça, mais je ne peux pas m'en empêcher. Elle était italienne n'est-ce pas ?

— Espagnole.

— Avec un drôle de nom. Les étrangers ont presque tous des drôles de prénoms.

— Manuela.

— C'est cela. Une fille qui riait toujours, une belle fille, d'ailleurs, à qui les amoureux ne devaient pas manquer... Et, d'après le peu que je l'ai vue, elle ne leur opposait pas une grande résistance.

— Je ne sais pas ce qu'elle faisait son jour de sortie.

— Je me souviens que, récemment, il y a peut-être une semaine, elle est rentrée très tard en voiture. Je ne dormais pas. Il y a des nuits où je ne parviens pas à m'endormir et je préfère me lever. Il était au moins deux heures du matin. Ils étaient toute une bande entassés dans l'auto avec elle et ils chantaient à tue-tête.

— Comment savez-vous que c'était elle ?

— J'ai entendu la voiture s'arrêter devant votre villa, puis la porte de celle-ci se refermer. C'est pourquoi, quand je ne l'ai plus vue, je me suis dit que votre mère l'avait peut-être mise à la porte.

— Elle est partie de son plein gré pour rentrer dans son pays.

— Elle ne s'habituait pas à la vie française ?

— Je ne sais pas.

— Votre mère a fait venir le docteur Ledoux ?

Je ne comprends pas tout de suite le sens exact de sa question.

— Pourquoi ?

— Parce que les vertiges et les sueurs froides viennent souvent d'un refroidissement.

Je ne comprends toujours pas. Quelle est cette histoire de refroidissement ? Je suis persuadée qu'avec son air naïf Mme Rorive ne dit rien sans raison.

— J'ai bien pensé, le soir du chien crevé, qu'elle avait tort de sortir sous la pluie sans même mettre un vêtement chaud.

Je questionne malgré moi :

— Quel chien crevé ?

— Votre mère ne vous a pas mise au courant ? C'est sans doute pour ne pas vous impressionner. C'était le mardi ou le mercredi. Attendez. Plutôt le mardi, car je jurerais que nous avons mangé des soles au déjeuner. C'est le jour d'arrivage du poisson.

» Peu importe. Ce dont je suis sûre, c'est qu'il pleuvait. Pas la grosse pluie en rafales de la semaine précédente mais une pluie fine et froide.

» J'attendais M. Rorive qui était allé en ville faire quelques achats. J'étais à la fenêtre, pour le voir

155

arriver, car j'ai toujours peur quand il part seul en voiture.

J'ai le cœur serré, sans raison précise. Il me semble que ce bavardage cache un danger que je ne connais pas encore et, par contenance, je bois une gorgée de café.

— Vous ne mangez pas votre cake ?

— Si. Il a l'air très bon.

— On n'en trouve pas de pareil à Paris. Où en étais-je ? La nuit était tombée depuis un bon moment. Une voiture est arrivée très vite de la direction de Givry, avec ses gros phares jaunes qui éclairaient la route mouillée.

» Tout à coup, dans le faisceau de lumière, j'ai aperçu un grand chien que je n'avais jamais vu. On aurait dit un chien sans maître, un chien errant. Il marchait au milieu de la chaussée et la voiture n'a pas eu le temps de freiner. Si je n'ai pas entendu le choc, j'ai eu l'impression de l'entendre.

» J'aime trop les bêtes pour assister à un accident comme celui-là sans être retournée. La voiture a continué sa route tandis que l'animal, qui avait été comme lancé en l'air, retombait à peu près à l'endroit où il avait été frappé.

Je comprends de moins en moins pourquoi Mme Rorive éprouve le besoin de me raconter cette histoire. Elle est consciente de mon intérêt et s'en réjouit intérieurement.

— J'étais si bouleversée que je me suis versé un petit verre de crème de menthe. J'étais dans le salon, à le boire, quand M. Rorive est rentré. Je lui ai dit :

156

» — Nous pourrions peut-être aller dire bonjour à cette charmante Mme Le Cloanec. J'ai justement fait ce matin deux pains aux raisins. Je lui en porterais un.

» Je sais que votre maman les adore. Je lui en ai porté une fois et elle m'a dit quel plaisir je lui avais fait.

Est-ce que tout cela est faux ? Est-ce vrai ?

— J'ai pris mon parapluie. M. Rorive n'a pas voulu prendre le sien, prétendant qu'il ne pleuvait pas assez fort et que son imperméable suffisait. Imaginez ma surprise quand j'ai constaté que le chien n'était plus sur la route. J'étais sûre qu'il était mort. A la façon dont il est retombé, tout disloqué, il n'était pas possible qu'il en soit autrement.

Elle parle, elle parle, sans pourtant négliger son cake.

— M. Rorive a sonné. Il n'y avait pas de lumière au rez-de-chaussée mais on en voyait au premier étage, dans la chambre de vos parents. Je finis par connaître la maison, n'est-ce pas ? Quand on n'a qu'un seul voisin...

Je voudrais tant qu'elle en vienne au fait !

— Eh bien, pour la troisième fois, personne n'a répondu.

» — Peut-être est-elle dans la cuisine et n'entend-elle pas ?

» Nous ne savions pas encore que votre bonne était partie. J'étais un peu inquiète et M. Rorive a dit :

» — Allons frapper à l'autre porte.

» Nous avons contourné la maison pour frapper à la porte de derrière. Il n'y avait pas de lumière dans la cuisine non plus.

» — Laisse donc ton pain aux raisins sur le seuil.

» — La pluie va le détremper.

» Il faut m'excuser si vous jugez que j'ai été trop audacieuse. J'ai essayé le bouton de la porte. Celle-ci n'était pas fermée à clef et elle s'est ouverte. Alors, j'ai déposé le pain aux raisins sur le guéridon qui se trouve dans le corridor...

— Mais le chien ? Je ne vois pas ce que le chien a à voir avec...

— J'y viens. Attendez. Au moment où nous nous disposions à partir, j'ai entendu du bruit du côté du bois. La lune venait de se dégager et j'ai vu votre maman qui franchissait la grille du fond du jardin. Elle était nu-tête, sans manteau, et elle poussait une brouette devant elle...

— Il n'y avait rien dans la brouette ?

— Non. Nous avons préféré ne pas l'attendre, par crainte qu'elle ne soit pas contente de nous trouver là. Je suppose qu'elle a aperçu le chien sur la route, elle aussi. Elle a dû descendre pour voir si, par hasard, il n'était que blessé.

» Le trouvant mort, elle a eu l'idée d'aller le jeter dans l'étang, sans doute avec une pierre au cou...

Elle change soudain de ton.

— Qu'est-ce que vous avez ?

Je réponds stupidement :

— Moi ?

— Vous êtes devenue toute pâle. Vous aimez les bêtes, n'est-ce pas ? Je suis sûre que vous n'auriez pas non plus laissé celle-là au milieu de la route, juste sous vos fenêtres.

— Il va falloir que je rentre pour préparer le dîner, dis-je.

— C'est à peu près l'heure. Il est vrai que vous n'avez que des choses froides.

Elle a fait attention à ce que j'achetais chez Josselin. Elle insiste pour payer.

— C'est moi qui vous ai invitée. Est-ce que, tout au moins, vous avez mangé de mon pain aux raisins ?

— Je crois… Oui…

En réalité, ce n'est pas vrai. Pour une raison ou pour une autre, ma mère ne nous a pas parlé de ce pain aux raisins. Il est vrai qu'elle était en pleine neuvaine.

Qu'en a-t-elle fait ? Elle ne l'a pas mangé elle-même car, pendant les périodes où elle boit, elle ne peut rien supporter de sucré. L'a-t-elle jeté à la poubelle ? Mais pourquoi ?

Quelle a été sa réaction en découvrant, ce jour-là précisément, et alors qu'elle revenait des étangs en poussant une brouette, que quelqu'un avait pénétré dans la maison ?

Je rentre chez nous. Contrairement au soir de la dernière visite de Mme Rorive, les lampes sont allumées au rez-de-chaussée. Je ne vois personne au salon, ni dans la salle à manger, où les couverts sont mis.

Dans la cuisine, je trouve ma mère qui s'est habillée et qui se tient très droite, trop droite, comme pour ne pas s'affaisser.

— Tu es descendue ?

Elle me regarde sans répondre et pousse un long soupir. Je ne l'aurais pas crue capable de descendre aujourd'hui. Ce n'est pas la première fois que je suis témoin de sa prodigieuse énergie.

Elle marche d'une façon saccadée, mécanique.

— J'ai apporté de quoi dîner. Il y avait un pâté fraîchement sorti du four et j'en ai pris quatre tranches.

Je range mes emplettes sur la table. La vue de la nourriture doit lui soulever le cœur mais elle n'en laisse rien voir.

— Les hommes ne sont pas rentrés ?

— Je suis toute seule.

Il y a des moments où je l'admire autant que je la plains. Elle est seule, en effet, même quand nous sommes tous les trois à table avec elle. Elle vit dans un monde à elle, que nous ne connaissons pas, et nous avons pris l'habitude de mettre ses faits et gestes sur le compte de lubies ou sur le compte de la boisson.

Peut-être parce que quelques regards du professeur, aujourd'hui, m'ont rendue heureuse, je me sens un peu plus proche d'elle, ou plutôt je voudrais me rapprocher d'elle, lui dire que je la comprends, que je sais combien misérable a été sa vie.

Est-ce que nous n'en sommes pas tous un peu coupables ? Je la regarde fixement et j'ai envie de pleurer. Je l'imagine, sous la pluie, revenant du bois, des étangs, franchissant la grille étroite au fond du jardin, dont la serrure rouillée ne fonctionne plus, tout en poussant la brouette qu'elle a prise dans l'appentis.

Malgré moi, je questionne :

— Que s'est-il passé au juste avec le chien ?

Ses prunelles, du coup, se rétrécissent et elle me regarde avec une telle intensité que, mal à l'aise, je détourne la tête.

— Quel chien ?

— Celui qu'une voiture a tué devant la maison. Un grand chien sans maître qui marchait au milieu de la route.

Je lève les yeux. Ses lèvres n'ont plus de couleur. Elle doit terriblement souffrir et j'ai honte de me montrer cruelle comme j'ai eu honte le soir où mon père a été humilié par Olivier. Il me semble que l'humiliation est ce qui fait le plus mal à un être humain.

— Qui t'a parlé d'un chien ?

— Mme Rorive.

Ma mère voit bien que je suis bouleversée. Elle devine certainement ce que je pense et je m'attends à ce qu'elle craque, à ce qu'elle laisse tomber ce que je pourrais appeler son masque.

Or, à ma grande surprise, elle tient bon. Je lance, à tout hasard :

— Et le pain aux raisins ?

— Quel pain aux raisins ?

— Mme Rorive est entrée par-derrière et a déposé un pain aux raisins sur le guéridon du corridor.

— Je n'ai jamais vu de pain aux raisins dans le corridor.

Et ma mère ajoute une petite phrase qui me stupéfie :

— Cette femme est folle !

L'arrivée de mon frère met fin à l'entretien et ma mère commence à ranger les viandes froides sur un plat.

— Tiens ! Tu es déjà debout ?

Nous sommes tous cruels à son égard. Nous ne devrions pas avoir l'air surpris qu'elle se soit levée et qu'elle s'efforce, au prix d'une dépense d'énergie inouïe, de reprendre sa place dans la vie de tous les jours.

— Tu viens un instant, Laure ?

Il se dirige vers le salon. Cela aussi, les colloques dans les coins, ces phrases à mi-voix ou à voix basse, nous devrions l'éviter. Comment pourrait-elle se sentir chez elle ? Et comment ne penserait-elle pas qu'elle est différente des autres ?

— Que veux-tu me dire ?

— Que je me suis renseigné. Je peux entrer à la caserne en janvier, avec le nouveau contingent, et, devançant mon terme, j'ai le droit de choisir mon arme.

— Tu penses toujours à ça ?

— Plus que jamais.

Et, avec un vague geste vers la cuisine :

— Tu l'as vue, non ? Tu crois que je vais continuer à vivre dans cette atmosphère ?

— Elle s'est montrée brave.

— J'aurais préféré qu'elle reste dans son lit. Ne dis encore rien à mon père. Je vais essayer de me procurer les papiers et, au dernier moment, je lui demanderai sa signature.

— Et s'il refuse ?

— Il ne refusera pas. Après ce qui s'est passé, ma présence le gêne, et il se sentira soulagé de ne plus me voir dans la maison.

— *Quel chien ?* a-t-elle questionné, le visage exsangue.

Puis, à la fin :

— *Mme Rorive est folle !*

Ces deux petites phrases me reviennent sans cesse pendant le repas. Mon père, toujours compassé, feint d'ignorer la présence d'Olivier. Est-ce que, avec le temps, les rancunes n'arriveraient pas à s'atténuer et peut-être à disparaître ?

En face de moi, ma mère mange du bout des lèvres et je la vois hésiter à se verser un second verre de vin rouge dont elle a visiblement besoin. Alors, je la sers en même temps que moi et elle me regarde, surprise, mais sans aucune reconnaissance.

— *Quel chien ?*

— *Mme Rorive est folle !*

Je balbutie :

— Excusez-moi.

Et je me lève de table, je me précipite vers ma chambre où j'arrive juste à temps pour donner libre cours aux sanglots qui m'étouffent.

Le chien... Mme Rorive...

— *Elle m'a dit qu'elle retournait en Espagne.*

Je voudrais être près du professeur, tout contre lui, et tout lui dire, lui demander ce que je dois faire. J'ai chaud et froid tout ensemble. Je suis couchée sur le ventre, mon visage dans l'oreiller, et je sanglote sans même penser à ce qui me rend si malheureuse.

J'ai fait un terrible cauchemar dont je me suis littéralement arrachée en me forçant à m'éveiller et je
suis restée longtemps assise dans mon lit, pante-
lante, incapable de faire avec exactitude la différence entre mon imagination et la réalité.

Je n'étais pas allée à l'hôpital et je voyais bien que
ma présence inquiétait ma mère. Il pleuvait. Il
devait faire sombre dehors, car les lampes étaient
allumées dans la maison.

Les deux hommes étaient partis, Olivier à vélomoteur, sa peau de mouton sur le dos, mon père
avec la voiture.

Nous étions toutes les deux dans la cuisine, ma
mère en peignoir bleu clair sur lequel elle avait noué
son tablier. Il était neuf heures moins quatre
minutes au réveil. Puis neuf heures moins trois, neuf
heures moins deux. Je ne sais pas pourquoi je devais
attendre neuf heures précises.

Ma mère avait peur. Elle me regardait avec des
yeux agrandis et me demandait d'une voix rauque :

— Qu'es-tu allée faire dans le bois ?

J'attendais pour répondre que l'aiguille soit au
milieu du réveil et je disais :

— T'obliger à parler. J'ai besoin de savoir.

J'étais calme. J'avais conscience d'accomplir une
tâche dont le destin m'avait chargée.

— Je te jure qu'il n'y a rien à savoir.

— Le chien ?

— Il n'y a jamais eu de chien.

— Le chien au milieu de la route mouillée.

— Mme Rorive est folle.

— Et la brouette ?

— Je ne me suis pas servie de la brouette.

— Qu'es-tu allée faire dans le bois ?

— Je ne suis pas allée dans le bois.

Son visage était défiguré par l'angoisse et elle se tordait les mains.

— Et la valise en faux cuir de Manuela ?

— Elle l'a emportée avec elle.

— Où ?

— Dans son pays.

— Elle n'est pas retournée dans son pays.

— Elle m'a dit qu'elle irait.

— Tu mens.

— Je ne mens pas.

— J'exige que tu me dises la vérité et je ne la répéterai à personne.

— Il n'y a pas de vérité. Qu'est-ce que tu fais ?

C'était un cri de terreur car je m'avançais vers elle, implacable.

— Ne me bats pas.

— Je te battrai s'il le faut. Je veux que tu me dises ce que tu as fait de Manuela.

Je lui tenais les deux poignets et ils étaient aussi frêles que des poignets d'enfant, avec une peau très douce, très lisse.

— Ne me fais pas mal.

— Alors, parle.

— Je n'ai rien à dire.

— Tu l'as tuée.

Elle ne répondait pas et me regardait avec des yeux fous, la bouche ouverte pour un cri qu'elle ne poussait pas.

— Dis-moi pourquoi tu l'as tuée.

— Elle m'a tout pris.

— Qu'est-ce qu'elle t'a pris ?

— Mon fils et mon mari. Elle me narguait, se moquait de moi parce que je ne suis pas gaie.

— Vous étiez toutes les deux dans la cuisine ?

Elle ne répond pas mais elle regarde autour d'elle comme si elle avait oublié où elle se trouvait.

Je ne sais pas à quel moment il est entré mais le professeur est là, en blouse et en calot blancs. Il a tout entendu, bien que je ne l'aie pas vu jusqu'ici. Il hoche la tête d'un air triste et me regarde comme pour me faire comprendre quelque chose.

Seulement, je ne le comprends pas. Je sais que j'ai une tâche à remplir et je la remplis.

— Avec quoi l'as-tu frappée ?

Elle se débat encore un peu, essaie de dégager ses poignets que je tiens fermement. Elle finit par balbutier, en tournant la tête vers la table recouverte d'une toile cirée à carreaux bruns et blancs :

— La bouteille.

— Tu l'as frappée avec la bouteille ?

Elle fait oui de la tête.

— Quelle bouteille ?

— La bouteille de vin.

— Elle était pleine ?

— J'avais bu un peu.

— Tu étais en train de boire au goulot quand elle est entrée ? C'est pourquoi elle s'est moquée de toi ?

— Elle s'est moquée de moi et je l'ai frappée.

— Elle est tombée sur le sol ?

— Elle avait les yeux très grands, très gros, et elle marchait vers moi. La bouteille était cassée. J'ai pris le rouleau à pâte qui se trouvait sur la table et j'ai encore frappé.

166

— Plusieurs fois ?

— Oui.

— Elle est tombée ?

— Non.

— Elle est restée longtemps debout ?

— Longtemps. Et moi, je frappais. Elle s'est mise à saigner par le nez et par la bouche.

— Et alors elle est tombée ?

— Oui.

— Tu savais qu'elle était morte ?

— Oui.

— Comment le savais-tu ?

— Je le savais.

— Et le chien ?

— Il n'y avait pas encore de chien.

— Qu'est-ce que tu as fait ?

— Je suis allée chercher la malle au grenier.

— Tu ne l'avais donc pas vendue au brocanteur ?

— Non.

— Tu m'avais menti ?

— Je mens toujours. Je n'y peux rien.

— Que voulais-tu faire du corps ?

— Le jeter dans l'Étang-Vieux, mais je ne voulais pas qu'il remonte à la surface. J'ai descendu les vieux chiffons à la cave.

— Ils y sont toujours ?

— Non. Le lendemain, quand vous avez été tous partis, je les ai mis dans la poubelle.

— Tu n'as pas pris son pouls ?

— Non. Elle était morte.

Elle répète, comme un récitant à la messe :

— Elle était morte.

— Tu l'as mise dans la malle ?

— Oui.

— Tu as ramassé les morceaux de bouteille et effacé les taches de vin et de sang ?

— Il n'y avait presque pas de sang.

— Tu es allée chercher la brouette ?

— Oui. Il pleuvait.

— Tu as mis ton manteau ?

— Non. Je n'avais pas froid.

— Tu as pu porter la malle à toi toute seule ?

— Je l'ai traînée. Je suis forte. Personne ne croit que je suis forte, mais c'est la vérité.

— Qu'est-ce que tu as mis dans la malle pour qu'elle ne remonte pas à la surface ?

— Un pied de cordonnier qu'il y avait sous l'appentis et l'étau de ton père.

Je lui avais lâché les poignets et elle parlait toujours d'une voix monocorde comme un écolier qui récite une leçon.

— Où l'as-tu jetée ?

— Dans l'Étang-Vieux. A l'endroit où il y a un trou. J'ai entendu dire que la couche de vase est de plus d'un mètre.

— Tu as été assez forte ?

— J'ai été assez forte. Le trou est près de la petite jetée vermoulue.

— Et si la jetée s'était affaissée ?

— Elle ne s'est pas affaissée.

— Et le chien ?

— Je suis rentrée et je suis montée pour me laver les mains.

— Il y avait un pain aux raisins dans le corridor ?

168

— Non. J'ai vu le chien par la fenêtre.

— Il y avait donc un chien ?

— Oui.

— Pourquoi t'en es-tu occupée ?

— Je ne sais pas. Je n'aimais pas qu'il soit devant la maison.

— Tu n'as pas pensé que, si on t'avait vue avec la brouette, cela te procurerait un alibi ?

— Je ne sais pas. Pourquoi es-tu si méchante avec moi ?

— Je ne suis pas méchante. Je devrai vivre désormais avec ce souvenir-là.

— Moi aussi.

— Ce n'est pas la même chose.

— Pourquoi ?

— Tu es allée chercher à nouveau la brouette et tu as chargé le chien ?

— Oui.

— Qu'est-ce que tu lui as mis autour du cou ?

— Un vieux morceau de grille de fer.

— Tu l'as jeté dans l'Étang-Vieux ?

— Oui.

— A la même place ?

— Non. A l'endroit où les deux étangs se rejoignent. Il y a une sorte de canal qu'enjambe le petit pont.

Je sais que mon visage est effrayant, implacable, et elle le regarde toujours avec terreur. C'est plus terrible encore avec le silence, car je ne trouve plus de questions à lui poser.

— Il ne faut le dire à personne, Laure. Promets-moi de ne le dire à personne.

Et, comme je ne réponds pas, elle continue d'une voix de petite fille :

— Je ne le ferai plus. Je te jure que je ne le ferai plus.

Je cherche le professeur des yeux. Il se tient dans l'encadrement de la porte. Et, comme je le regarde d'un air interrogateur, il me fait oui de la tête.

Qu'est-ce qu'il veut dire ? Que je dois promettre ? Il est grave, sévère. Je crois qu'il n'est pas content de moi. Il n'a pas vécu des années dans la maison et il ne connaît pas ma mère.

— Ne le dis à personne, Laure. Je ne veux pas aller en prison. Je ne veux pas qu'on m'enferme.

Et alors elle a un dernier cri :

— Je t'assure que je suis inoffensive !

J'ai dû crier, moi aussi, en m'arrachant au sommeil, au cauchemar. Je n'ai pas pensé tout de suite à allumer ma lampe de chevet et je suis restée assise dans le noir, à entendre la pluie battre les volets.

J'ai de la peine à reprendre mon souffle et je me demande même un court moment où je suis.

C'était si réel ! Cela avait l'air si vrai ! Est-il possible que...

J'écoute pour savoir si mon cri n'a pas réveillé mes parents et si quelqu'un ne va pas venir. Mais non. Tout dort dans la maison. Je suis en sueur. Je tends les bras pour allumer la lampe.

Je ne sais pas pourquoi je balbutie à mi-voix :

— Le chien.

Je ne sais plus ce qui est vrai et ce que j'ai inventé. Je me lève et vais boire un verre d'eau dans la salle de bains. Je décide de prendre un somnifère afin de dormir d'un sommeil lourd et sans rêves.

Quand je me réveille, le matin, à l'heure habituelle, je suis tellement lasse que ma première idée est de rester au lit et de téléphoner tout à l'heure à l'hôpital que je ne me sens pas bien.

Mais aussitôt mon rêve me revient, ma mère et moi dans la cuisine, tandis que les hommes sont partis tous les deux.

Je ne veux pas rester dans la maison seule avec elle. Je serais capable de la questionner, de vouloir coûte que coûte qu'elle me dise...

Je prends une douche, je m'habille, je descends. Je la trouve occupée à faire le café.

Elle me regarde et dit :

— Je n'ai besoin de personne.

— Je ne savais pas si tu étais descendue. Il faudra téléphoner à l'agence pour une bonne.

Je suis épouvantée de voir à quel point elle ressemble à la femme de mon rêve. Elle porte son peignoir bleu pâle, qu'elle met d'ailleurs le plus souvent, et elle a noué un tablier par-dessus. L'illusion est si forte que je me tourne vers la table pour y chercher le rouleau à pâte.

— Qu'est-ce que tu veux ?

— Rien.

Il vaut mieux que je sorte de la pièce. Je me sers pourtant une tasse de café que j'emporte vers le salon où je me mets machinalement à ranger.

Je n'ose pas m'avouer à moi-même que c'est l'attitude du professeur qui me trouble le plus. Il m'a regardée avec tristesse, comme si je le décevais. Il me semble que ses yeux me disaient de ne pas continuer, de ne pas essayer de savoir.

Me voilà encore le front en sueur et je suis soulagée quand mon frère descend et va s'asseoir à sa place à table.

Je le rejoins, comme pour me placer sous sa protection. Il est surpris de voir que c'est ma mère qui lui sert son petit déjeuner. Elle n'a prononcé qu'un mot :

— Bonjour.

Il me regarde et s'étonne de me voir bouleversée.

— Qu'est-ce que tu as ?

— J'ai fait un affreux cauchemar.

— Et c'est un cauchemar qui te met dans cet état ?

Rien que cette phrase-là me montre à quel point ce sera dur. J'ai envie de lui répondre, de tout lui dire.

Or, je ne peux rien dire à personne. J'ai promis. Ai-je vraiment promis ? Je ne peux pas rester ainsi entre le rêve et la réalité.

— Tu m'accompagneras jusqu'à l'hôpital, Olivier ?

— Pourquoi ? De quoi as-tu peur ?

— Je n'ai pas envie de me sentir seule.

Il mange, en m'observant toujours d'un œil curieux.

— Je ne t'ai jamais vue ainsi.

— Si tu avais vécu mon rêve...

— On ne vit pas un rêve.

— Tant qu'il dure, il est aussi réel que la réalité.

— Où as-tu lu ça ?

C'est le tour de mon père de descendre et nous nous taisons tous les deux. J'ai conscience de la minute qui s'écoule, de la vie de la famille, de quatre êtres humains réunis dans une maison de la grande banlieue.

Ma mère, dans la cuisine, fait une tache bleu clair et elle boit son café dans un grand bol dont on se sert d'habitude pour battre les œufs.

Mon frère a presque fini de manger et est encore en manches de chemise. Mon père, déjà habillé, mange ses toasts en regardant fixement devant lui.

Moi, je les regarde tous les trois. J'ai l'impression de me regarder moi-même, de me voir parmi eux, le visage comme tuméfié.

La minute passe et il y en a d'autres, il y en aura beaucoup d'autres.

— Alors, viens ! lance mon frère en se levant et en passant son veston.

Il va chercher sa canadienne dans le corridor. Il attend que j'endosse la mienne et que je passe mes bottes de caoutchouc, car il pleut toujours.

Nous traversons une partie de la cour, dans l'allée couverte de gravier, pour aller prendre nos vélo-moteurs.

— Tu ne veux vraiment rien me dire ?

— Je n'ai rien à te dire, Olivier. Je t'assure que ce n'était qu'un cauchemar.

— J'ai l'impression que tu me caches quelque chose.

— Je suis un peu triste ce matin.

— Pourtant maman est assez bien. Je m'attendais à ce qu'elle reste au moins deux jours de plus au lit. Elle ne s'est jamais remise aussi vite d'une neuvaine.

— Tu as raison.

Pourquoi a-t-elle fait un pareil effort ? N'est-ce pas parce que, dans la réalité aussi, elle a peur ?

Nous roulons côte à côte et nous traversons Givry, nous passons devant chez Josselin, devant la pâtisserie. Aujourd'hui, je n'aurai pas à m'arrêter pour acheter notre nourriture. Je suis persuadée que, comme d'habitude quand elle n'est pas en neuvaine, ma mère va faire sa commande par téléphone.

Cela me calme un peu de me trouver dehors. La pluie me mouille entièrement le visage et il y a des moments où je peux à peine respirer. Mon frère règle sa vitesse sur la mienne et nous atteignons la route qui mène de Versailles à Saint-Cloud. Le temps est si gris qu'on dirait que le jour n'est pas tout à fait levé et nous allumons nos phares. D'autres en font autant qui, comme nous, se dirigent vers Paris, les uns à vélomoteur, d'autres à vélo, quelques-uns à l'abri dans leur voiture.

De temps en temps, Olivier se tourne vers moi. Il paraît inquiet. Il n'a pas l'habitude de me voir flancher. Au coin du boulevard Brune, une foule maussade sort de la bouche du métro et mon frère m'adresse un signe de la main avant de continuer son chemin.

Moi, je suis arrivée. Je retrouve les locaux blancs et clairs, les longues tables encombrées d'éprouvettes, de lampes à alcool, d'instruments brillants.

Je vais me mettre en blanc, comme les autres, et, presque automatiquement, je prends mon expression professionnelle.

7

Nous nous sommes rencontrés deux ou trois fois pendant le début de la matinée mais nous n'avons pas travaillé ensemble. Je m'efforçais de faire bonne contenance, me rendant compte que j'avais un visage de catastrophe. Je sentais qu'il était surpris, qu'il essayait de comprendre, et je m'en voulais de lui créer des soucis supplémentaires.

Vers onze heures, je ne le vois plus dans les laboratoires et un peu plus tard sa secrétaire vient me dire qu'il me demande à son bureau. Les meubles sont en acajou, surchargés de bronze, et les murs presque entièrement couverts par des photographies de sommités médicales du monde entier.

Dans ce cadre trop solennel, il a l'air plus petit, plus maigre, presque insignifiant. On dirait qu'il essaie de s'adapter au décor et il n'est pas le même que dans les laboratoires.

— Je n'ai pas voulu vous questionner devant vos collègues. Asseyez-vous, je vous en prie.

Il me montre la chaise devant son bureau et je m'y sens mal à l'aise, car j'ai l'air ainsi d'être en visite.

— Vous n'êtes pas bien, n'est-ce pas ?

— Je n'ai presque pas dormi de la nuit et le peu de sommeil que j'ai eu a été très agité. Je m'excuse de me présenter dans cet état.

Il me regarde avec affection, cherchant à comprendre.

— Vous avez des soucis familiaux ?

— Oui, au sujet de ma mère, en particulier.

Je voudrais tout lui dire, me confier entièrement à lui, mais je ne m'en reconnais pas le droit. Il vient de vivre une tragédie, lui aussi. Il est à peine remis du coup qui l'a frappé.

— Elle n'a jamais été tout à fait équilibrée et, par moments, je me demande si elle ne serait pas plus à sa place dans un hôpital psychiatrique.

— Vous êtes sûre que c'est si grave ?

Je ne peux pas lui dire que je suis persuadée qu'elle a tué. Je n'en ai pas la preuve. Et je suis encore sous le coup de mon rêve. N'est-il pas ridicule de lui attacher tant d'importance ?

— Que disent les médecins ?

— Elle n'a jamais voulu être examinée par un spécialiste. Mon père n'a pas osé en appeler un contre sa volonté. Quant au médecin de famille, il met ses bizarreries sur le compte de l'alcoolisme.

— Elle boit beaucoup ?

— Par périodes. Pendant plusieurs jours, elle boit pour ainsi dire toute la journée, en se cachant. Elle a une adresse diabolique pour se procurer de l'alcool et pour cacher les bouteilles un peu partout dans la maison, afin d'en avoir à tout moment sous la main. Puis elle se couche en se plaignant de ses migraines et elle ne quitte la chambre que quand il n'y a personne d'autre dans la maison.

» Elle ne mange rien aux repas. Elle grignote en cachette ce qu'elle trouve dans le réfrigérateur.

— Comment est sa santé ?

— Elle se plaint de ces fameuses migraines. En réalité, elle n'en souffre que quand elle boit. Elle vit alors, vacillante, dans un univers nébuleux, et j'ai toujours peur qu'elle ne se suicide. Elle doit être particulièrement résistante car, à quarante-sept ans, elle n'a jamais été malade. Le docteur Ledoux prétend que ses troubles sont imaginaires.

Cela me fait du bien de parler, de le voir m'écouter en cherchant à se faire une opinion.

— Elle n'a pas été heureuse, enfant. Elle se croyait laide et c'est un fait qu'elle n'a pas un visage avenant. Maintenant, elle est si maigre qu'on se demande comment elle tient debout.

Il voudrait bien m'aider. C'est la première fois qu'il me questionne sur ma famille et je me retiens de lui raconter l'histoire de Manuela, d'Olivier, de mon père. Il faudrait alors que je lui parle de l'atmosphère de la maison.

J'ai honte de lui prendre son temps, de lui voler sa sympathie.

Comment, d'ailleurs, pourrais-je me confier, même à lui ? Ce n'est pas mon secret ; c'est celui de ma mère. Je peux me taire, du moins je le suppose, car je suis sa fille et on ne peut pas exiger de moi que je la dénonce.

Mais quelqu'un d'autre ? Mais lui ? Je ne connais pas la loi. Je pense néanmoins que si quelqu'un a connaissance d'un crime il est tenu d'en avertir les autorités.

Je refuse de le mettre dans une situation aussi délicate. Je ne peux accepter l'idée de faire de lui mon complice.

J'ai eu un cauchemar, à cause de quelques phrases de Mme Rorive, d'un chien, d'une brouette. Ce cauchemar me colle à la peau et j'ai encore de la peine, après tant d'heures, à me persuader que ce n'est pas la réalité. Ne serait-il pas ridicule, en l'occurrence, d'accuser qui que ce soit ?

Pourquoi Manuela ne serait-elle pas partie d'elle-même ? Elle n'est restée que deux mois chez nous. Nous la connaissons à peine. Nous ne savons rien de son vrai caractère, sinon qu'elle couchait avec n'importe qui, gaiement, parce que c'était sa nature.

Est-il normal, parce qu'un soir je ne l'ai pas retrouvée à la maison, de condamner ma mère ?

Je me débats entre des sentiments contradictoires.

— Cela m'a fait du bien que vous me permettiez de parler. Je vous en suis reconnaissante. Pardonnez-moi si, dans les jours qui suivent, vous me voyez abattue ou préoccupée. Ne faites pas attention à moi, voulez-vous ?

— Vous ne désirez pas vous confier ?

— Pour le moment, c'est impossible. Tout dépend de ce qui va se passer.

— Je n'insiste pas.

— Est-ce que vous me permettez de prendre mon après-midi ?

— Bien entendu. Prenez un congé de quelques jours si cela peut vous aider.

— Ce serait pire de rester toute la journée à la maison.

Je le salue gauchement, comme si je le connaissais à peine, comme le grand patron qu'il est. Je marche vers la porte comme en rêve. On dirait que ses yeux essayent de me communiquer un message que je ne comprends pas.

Je ne désire pas déjeuner au réfectoire, sous les regards curieux des autres laborantines. Je ne veux pas retourner manger à la maison non plus et je me rends dans le petit restaurant où je suis entrée un soir pour boire du cognac et où je suis retournée avec mon frère.

Je mange à une des petites tables à nappes rouges et le barman tourne un bouton tandis que le pick-up répand dans la pièce une musique douce, assourdie.

Je n'ai pas faim. Je ne sais plus où j'en suis. On me dirait que la police va venir m'arrêter que je le croirais.

Pourtant, je finis par manger et je prends même un dessert, ce qui m'arrive rarement.

Quand j'arrive à la maison, il n'y a personne au rez-de-chaussée et je suis prise d'une peur irraisonnée. Il est cependant normal que ma mère soit montée se coucher dans sa chambre.

Je garde mes bottes de caoutchouc, la canadienne en peau de mouton et, sous la pluie fine, je sors par la porte de derrière, me dirige vers la grille au fond du jardin.

Les arbres sont presque entièrement dénudés et il y a par terre une épaisse couche de feuilles détrempées par la pluie. Personne ne vient dans ce bois en hiver. Il existe, à cent mètres de chez nous, un chemin qui va de la route au Grand-Étang mais, de la maison, nous coupons au court par un sentier à peine tracé.

J'ai honte d'avouer que je cherche des traces de la brouette. Il n'y en a pas, bien entendu, dans les feuilles mortes. En suivant la rive du Grand-Étang, j'arrive au pont de bois qui enjambe une sorte d'étroit canal faisant communiquer les deux étangs.

Ici, il n'y a pas de feuilles et, sur le sol boueux, on voit encore nettement les traces d'une roue, d'une seule. Des osiers sont couchés, quelques-uns cassés, comme si on avait poussé au travers un objet lourd et volumineux.

Jamais paysage ne m'a paru aussi sinistre et jamais non plus je n'ai eu pareille sensation de solitude. La pluie fait de petits ronds sur la surface de l'étang et les arbres se découpent en noir sur le ciel bas. J'ai froid, malgré ma canadienne. Je voudrais parler à quelqu'un.

Et je me rends soudain compte qu'il me sera toujours interdit de parler.

Je reviens, hésitante, vers la maison, en pensant à mon père, à Olivier, à l'attitude qu'ils prendraient s'ils savaient la vérité. Est-ce que mon père ne s'en doute pas ? Si oui, comme je le pense, il refuse de savoir, il tient à rester dans l'incertitude.

Quant à mon frère, je le crois incapable de garder un secret comme celui-là. Il partira pour l'armée, comme il l'a décidé. Et sans doute cela vaut-il mieux pour lui.

J'ai vraiment froid. Je dois faire un effort pour ne pas claquer des dents. Ma mère m'a entendue rentrer. Est ce qu'elle m'épie d'une des fenêtres ?

Je m'arrête sous l'appentis où se trouve la brouette et je découvre sur les côtés de celle-ci des éraflures encore fraîches.

Dans un coin, il y a toujours eu un tas de ferraille, et je jurerais que ce tas a diminué, je n'y vois ni l'étau rouillé dont se servait mon père au temps où il bricolait, ni le pied de cordonnier.

Je suis perdue, toute seule, au milieu d'un univers hostile, et j'ai peur de rentrer dans la villa.

Je n'ai pas le courage de condamner ma mère. Il me semble que c'est nous tous qui sommes coupables, nous tous qui l'avons laissée sombrer peu à peu dans sa solitude et dans son désespoir.

Il me semble que le rideau de la cuisine a bougé. Je ne peux pas rester indéfiniment dehors. Je ne peux pas non plus retourner en ville et attendre, pour rentrer, que mon frère et mon père soient à la maison.

Je pousse la porte d'une main hésitante, retire mes bottes, accroche ma canadienne au porte-manteau.

Ma mère est là, debout dans la cuisine, à trois mètres de moi, et elle me regarde fixement. Elle m'attend.

8

Je m'avance et je n'ai plus froid, je n'ai plus peur.
Ma mère n'est pas menaçante et c'est sa peur à elle
que son regard exprime.

J'ai l'impression qu'à ses yeux je joue le rôle de
juge et que c'est de moi que sa vie dépend. Elle ne
parle pas. Elle n'a rien à dire. Elle attend.

Et je dis, d'une voix aussi naturelle que possible :

— Je ne me suis pas sentie bien et j'ai quitté le
laboratoire de bonne heure.

Cela n'explique pas mon incursion dans le bois,
ni sous l'appentis. Cela n'explique rien, sinon mon
désarroi. Malgré moi, je la regarde avec intensité,
comme si je voulais tout comprendre. Elle me fait
pitié, avec sa poitrine plate, ses vêtements qui lui
pendent sur le corps, son long cou maigre et son
nez pointu.

On dirait que je la fascine. Elle se tient aussi
immobile qu'un animal à l'affût et seules, parfois,
les ailes du nez frémissent.

A quoi bon lui dire que je sais ? Elle en est consciente et c'est mon verdict qu'elle attend. Alors, je prononce du bout des lèvres :

— Je me demande si je n'ai pas pris froid.

Qu'est-ce qu'on ferait d'elle ? L'enverrait-on en prison pour le restant de ses jours ? Ou bien, la jugeant irresponsable, l'enfermerait-on dans un asile ?

Elle est ratatinée par la peur. Je n'ai jamais vécu, je n'ai jamais imaginé des minutes comme celles que je vis en ce moment. Il me semble que le monde s'est arrêté de tourner, qu'il n'existe plus, qu'il n'y a plus que nous deux face à face.

Si on essaie de l'enfermer où que ce soit, ma mère se suicidera, j'en suis sûre. Est-ce une solution ? Est-ce la seule ?

Je la repousse. Et je sais qu'en me taisant je prends une lourde responsabilité, que je prends en somme ma mère en charge.

J'avais rêvé d'un petit appartement à Paris, où je serais seule, dans mon ménage. J'avais imaginé qu'un jour, beaucoup plus tard, Shimek viendrait m'y rendre visite et qu'il aurait son fauteuil près de la cheminée.

Je sens que maintenant il faudra que je reste, que je veille sur elle, que j'évite de nouveaux drames.

Je serai seule à savoir, seule avec des vérités crues, atroces.

A quoi bon lui poser des questions, lui demander si les choses se sont passées comme dans mon rêve ?

Elle est surprise de m'entendre prononcer :

— J'ai envie de boire quelque chose pour me réchauffer. Un grog, par exemple. Y a-t-il du rhum dans la maison ?

Elle parle enfin, à mi-voix, comme pour elle-même.

— Je crois qu'il en reste une bouteille à la cave. Je vais voir.

Je mets de l'eau à chauffer. Il y a des gestes familiers qu'on fait à l'insu de soi-même dans les moments les plus douloureux ou les plus dramatiques. Mettre de l'eau à chauffer, sortir deux verres, deux cuillers, du sucre, un citron.

Ce n'est pas vrai que j'aie besoin de me réchauffer. Il était impossible de rester plus longtemps face à face en silence.

Le rhum, c'est un peu comme une absolution, comme une promesse qu'on ne parlera jamais plus de Manuela qui aimait tant la vie. Sa gaieté, sa gourmandise, n'étaient-elles pas comme une insulte à ma mère ?

Et voilà que mon frère, cyniquement, allait la rejoindre dans sa chambre. Voilà que mon père, pieds nus, montait subrepticement au second étage pour écouter derrière la porte, puis qu'il la conduisait dans un hôtel douteux.

Manuela prenait tout !

Ce jour-là, dans la cuisine, a-t-elle vraiment surpris ma mère buvant du vin rouge au goulot et s'est-elle moquée d'elle ?

Je ne le saurai jamais.

Que reste-t-il à cette femme qui remonte avec une bouteille de rhum et qui en verse dans les deux verres ? Elle a honte. Elle a eu honte toute sa vie, honte d'être laide, honte de ses neuvaines et du tremblement qui la prend quand elle s'arrête de boire.

Je ne lui parlerai jamais de ce qui s'est passé entre elle et Manuela, quitte à ne pas le savoir exactement moi-même.

Elle devine que je sais. Ce n'est pas la même chose que de prononcer les mots.

Je verse l'eau bouillante dans les verres. Ni l'une ni l'autre n'avons envie de nous asseoir. J'aurais l'impression d'être en visite.

Or, dorénavant, je serai toujours ici. De temps en temps, le professeur me retiendra après la journée au laboratoire. Je n'en deviendrai pas moins une vieille fille, comme ma tante Iris, avec en moins mon chez-moi, un petit logement à mon image comme pour Iris son appartement de la place Saint-Georges.

— Monsieur le commissaire, je viens vous révéler que ma mère...

C'est impensable. Ce serait monstrueux. Pourtant, elle tremble encore. Elle ne peut pas croire que son cauchemar est terminé.

J'imagine les hommes fouillant l'étang, mettant la malle verte au jour.

— Bois, dis-je en la voyant hésiter.

Mon Dieu qu'elle est frêle, qu'elle est inconsistante ! J'ai de la peine à me convaincre que c'est ma mère.

Au fond, je lui en veux de la décision qu'elle m'oblige à prendre, mais je n'ai pas le courage de la condamner.

Le rhum me fait chaud à la poitrine. Ma mère doit avoir les jambes molles, car elle s'assied au bord d'une chaise de cuisine, comme si elle n'osait pas s'installer plus confortablement.

— Tu as téléphoné au bureau de placement ?

— Oui.

— Ils ont quelqu'un ?

— Ils me rappelleront demain matin.

Sous mes yeux, au fil des années, ma mère est devenue petit à petit une vieille femme.

Je vais, moi, lentement, sûrement, devenir une vieille fille.

Elle me regarde, encore sur le qui-vive, mais avec déjà un peu de reconnaissance.

Elle n'est plus tout à fait seule.

Épalinges (Vaud), le 19 juin 1969.

Composition réalisée par FACOMPO (Lisieux)

Achevé d'imprimer en octobre 2011 en France par
CPI BRODARD ET TAUPIN
La Flèche (Sarthe)
N° d'impression : 65989
Dépôt légal 1ʳᵉ publication : novembre 2011
LIBRAIRIE GÉNÉRALE FRANÇAISE
31, rue de Fleurus – 75278 Paris Cedex 06

31/6243/5